로크미디어가
유혹하는
재미있는 세상

ROK
MEDIA
로크미디어

이것이 법이다

이것이 법이다 128

2022년 1월 6일 초판 1쇄 인쇄
2022년 1월 11일 초판 1쇄 발행

지은이 자카예프
발행인 김정수 강준규

기획 이기헌 왕소현 박경무 강민구
책임편집 최전경
마케팅지원 배진경 임혜솔 송지유 이영선

발행처 (주)로크미디어
출판등록 2003년 3월 24일
주소 서울시 마포구 성암로 330 DMC첨단산업센터 318호
Tel (02)3273-5135 **편집** 070-7863-8592 **Fax** (02)3273-5134
홈페이지 rokmedia.com **E-mail** rokmedia@empas.com

ⓒ 자카예프, 2015

값 8,000원

ISBN 979-11-354-7342-5 (128권)
ISBN 979-11-255-9575-5 04810 (세트)

이 책의 모든 내용에 대한 편집권은 저자와의 계약에 의해
(주)로크미디어에 있으므로 무단 복제, 수정, 배포 행위를 금합니다.

작가와의 협의에 의해 인지는 생략합니다.
잘못된 책은 구입처에서 바꾸어 드립니다.

이것이 법이다

128

자카예프 장편소설

로크미디어

이 소설은 픽션입니다.
등장하는 인물 및 지명 등은 현실과 연관이 없습니다.
또한 소설 내에 나오는 법이나 법리 해석의 경우에도 대중문학의 극적 전개를 위하여 일부분 과장되거나 변형된 것이 존재하니 실제 법과 혼동하지 않으시길 바랍니다.

CONTENTS

　이문소와 신동성은 당장 세라녹스와 스페이스 라이프의 주식을 긁어모으기 위해 시장에 뛰어들었다.

　하지만 그게 그렇게 쉬운 게 아니었다.

　"저희 세라녹스는 더 이상 투자를 받지 않기로 했습니다."

　세라녹스의 진 벨라는 특유의 거친 목소리로 단호하게 선을 그었다.

　"무려 200억입니다. 저희가 함께 투자한다면 400억의 투자금입니다."

　"알고 있습니다. 하지만 세라녹스에 그 정도의 투자금은 필요가 없습니다."

　진 벨라의 목소리에는 자신감이 넘쳐흘렀다.

그리고 그건 틀린 말도 아니었다.

"저희 세라녹스는 유니콘입니다."

유니콘. 1조 이상의 자금이 투입된 기업을 뜻한다.

그건 기업의 가치만 판단하는 게 아니라 실제로 투자된 돈을 보고 판단하는 거다.

자기가 기업을 만들고 자신이 만든 기업의 가치가 1조 이상이라고 혼자서 외쳐 봐야 누구도 그 말을 믿지 않으니까.

"400억은, 감사하지만 저희 입장에서는 그다지 감흥이 오는 건 아니네요."

400억.

적은 돈은 아니지만 1조라는 시장 기준에서 본다면 새 발의 피나 마찬가지다.

"더군다나 세라녹스는 저만의 기업이 아닙니다."

투자한다는 것. 그건 지분을 받는다는 것을 뜻한다.

그 말은 추가로 투자가 들어오는 경우 자신의 지분율이 적어진다는 걸 의미하고, 당연히 회사 내에서의 입김이 작아진다는 것을 의미한다.

"제가 받고 싶다고 해도, 다른 투자자분들이 그걸 인정할 리가 없습니다."

"끄응."

이문소는 신음을 냈다.

그럴 만했다.

이문소 역시 누군가 자신들의 위치를 위협한다면 불편할 수밖에 없다.

당장 마이스터와 손을 잡으려고 하는 이유 중 하나가 바로 현재의 자리를 지키기 위해 아니었던가?

"400억은 애매한 금액입니다."

사세를 확장시키기에도 애매한데 또 지분을 사기엔, 투자자들이 꺼릴 만한 금액.

'이래서 미다스가 손에 못 넣었군.'

미다스라면 투자할 수 있었을 것이다.

그러나 미다스가 들어오면 어지간한 부자들도 꼬리를 말아야 하는 상황인지라, 다른 투자자들이 그걸 받아들일 리가 없다.

"더군다나 시제품 완성이 바로 코앞까지 다가온 상황에서는 더더욱 그렇지요."

에딕슨 발표 이후 세라녹스의 주식가격은 어마어마하게 뛰었다.

"그 정도의 투자금을 가지고 온 사람들은 한두 명이 아닙니다."

진 벨라는 자신 있는 표정으로 말했다.

"죄송합니다만, 저희는 그 정도의 투자를 받고 지분을 드릴 수는 없습니다."

"그러면 투자할 수 있는 방법은 없습니까?"

"얼마 후면 주주총회가 있습니다. 충분한 금액을 가지고 오신다면, 제가 투자에 대해 정식으로 안건을 올리도록 하겠습니다."

진 벨라의 말에 두 사람은 입술을 깨무는 수밖에 없었다.

"고작 200억짜리 건으로 우리가 여기까지 왔는데…… 이 무슨 수모가……."

신동성은 방금 전 진 벨라의 태도에 대한 분노를 애써 삼켰다.

1조 이상의 가치를 가진 유니콘이라고 해도 결국 자신들보다 훨씬 아래에 있는 기업이다. 그런데 마치 자기들이 상전인 양 행동한 것이다.

"어쩔 수 없습니다. 미국이니까요. 한번 돈을 벌기 시작하면 우리와는 비교도 못 할 나라니."

지금 전 세계를 호령하는 미국의 기업들도 처음에는 집에 딸려 있는 주차장에서 시작했을 만큼 작고 초라했다.

그러나 지금은 두한과 대동이 넘볼 수도 없을 정도로 거대한 기업이 되었다.

그 당시에 두한과 대동이 없었던 게 아니다.

하지만 그들은 성장했고, 두한과 대동은 아니었다.

그런 미국이고, 세라녹스는 그런 나라에서 미친 듯한 성장이 확정된 기업이다.

더군다나 한국이나 일본과 다르게 미국에서는 두 기업의 힘을 이용해서 성장을 막을 수도 없다.

"현 상황을 본다면 세라녹스에는 더 많은 투자가 필요할 듯합니다."

"더 많은 투자라고 하면, 돈을 더 내야 한다는 거 아닙니까? 하지만 미다스는 200억을 이야기했는데."

현재 세라녹스의 상황을 보면 최소 천억대 이상의 투자를 요구하고 있다.

그 이하라면 뭔가 하기도 애매하기 때문이다.

한국에서는 200억이 큰돈이지만 미국은 환율이 높아서 아주 큰 돈은 아니다.

투자의 규모가 아예 다르기 때문이다.

한국에서 200억을 투자한 영화는 대작 블록버스터로 분류되지만, 미국에서 200억을 투자한 영화는 저예산 영화로 분류된다.

"최소 천억이라……."

"미다스는 왜 그 돈을 투자하지 않을까요? 그러면 할 수 있을 텐데."

"미다스가 투자하면, 그때부터는 어마어마하게 투자가 몰릴 테니까요."

게임의 법칙 같은 거다.

일종의 내기가 있다고 치자.

정상적이라면, 5 대 5 비율로 내기가 이루어져야 한다.

하지만 미다스는 그 존재 자체가 성공의 증명이다.

그러니 미다스가 투자한다고 하면 결국 투자자가 몰려들 테고, 당연히 각 투자자가 가지고 가는 돈의 비율은 턱도 없이 떨어질 수밖에 없다.

"그러니 미다스에게 팔지 않는 것일 겁니다."

물론 미다스가 접촉했는지 아닌지는 알 수 없다.

상대방이 말할 것도 아니거니와, 이쪽이 미다스 라인인 걸 알면 투자를 아예 거부할 가능성 역시 존재하기 때문이다.

"일단 다른 곳에 투자해 보죠."

"스페이스 라이프 말이군요."

"그쪽은 아직 이렇다 할 이슈가 없으니까요."

⚖️

스페이스 라이프.

미래의 우주산업을 이끌기 위해 만들어진 민간 기업.

한때 미국의 나사가 우주산업의 종주였으니 이제는 자본적인 문제로 인해 민간으로 넘어간 우주산업에서 가장 선두 주자라고 할 수 있는 곳.

"200억요? 흠······."

스페이스 라이프의 주인은 닉 마스지만 그곳을 운영하는 사람은 알버트 콘월이라는 남자였다.

그는 두 사람의 투자 의사에 시큰둥한 표정을 지었다.

"저희는 관심이 없습니다."

"하지만 두 곳에서 총 400억입니다."

"닉 마스 씨가 이 주일이면 버는 돈이지요."

알버트 콘월은 피식 웃으며 말했다.

"그리고 저희 사장님은, 사치보다는 사업에 더 관심이 많은 분입니다."

사람이 아무리 돈을 펑펑 쓴다고 해도 결국 쓸 수 있는 돈에는 한계가 있다.

하루에 50억을 번다고 치자.

그 돈으로 매일같이 저택을 살 수는 없다.

그랬다가는 인플레이션이 미친 듯이 생길 테니까.

그렇다고 다른 사치품을 사는 것도 한계가 있다.

집이 아무리 커도 공간에 한계가 있으니까.

식비도 옷도, 제아무리 비싼 물건으로 도배를 해도 결국 한계가 있다.

"사장님은 남는 돈을 죄다 사업에 투자하시죠."

돈이 돈을 부른다는 건 이런 거다.

먹고 마시는 어느 정도의 한계가 정해지면 그 이상의 돈은 잉여가 된다.

그 돈을 사업에 투자해서 막대한 부를 쌓아 올리면 그건 다시 또 다른 돈을 불러온다.

"고작 400억에 지분을 드릴 수는 없습니다. 애초에 스페이스 라이프는 민간 기업입니다. 상장도 되지 않았고요."

오로지 단 한 사람, 닉 마스의 돈으로만 운영되는 곳이 바로 스페이스 라이프다.

"하지만……."

"아시려나 모르겠습니다만, 우주여행 한 번에 비용이 얼마나 드는지 아십니까?"

"네?"

"스페이스 라이프의 첫 번째 계획 중 하나입니다."

"그건……."

"실망이군요, 그 정도도 확인하지 않고 투자하러 오셨다니."

"……."

이문소와 신동성은 아차 싶었다.

기업적인 부분에서만 스페이스 라이프를 생각했지, 그게 수익을 어떻게 낼지는 생각하지 않았다.

"전 세계 부자들에게 우주 관광을 시켜 주는 것이 저희의 목표입니다. 그리고 그 비용은 1인당 1천만 달러입니다."

1천만 달러. 한화로 120억 정도.

"이미 그걸 타고 싶어 하는 사람들은 예약을 걸어 두고 기

다리고 있습니다. 투자금 형태로 그 돈을 미리 내신 거죠. 그
런 거라면 저희도 받아들일 수 있습니다만."

"안 됩니다!"

신동성과 이문소가 필요로 하는 것은 지분이지 우주 관광
따위가 아니다.

"미안하지만 그러면 저희는 그 투자금을 받을 수 없습니
다. 고작 400억은…… 저희한테는 큰 의미가 없군요."

단호하게 선을 긋는 알버트 콘윌.

이문소와 신동성은 정신이 아득해졌다.

⚖

"400억? 미국에서는 푼돈이지."

노형진은 자신 있게 말했다.

애초에 미국에서 400억은 전혀 어마어마한 돈이 아니다.

물론 일반적인 사람에게는 평생 꿈도 꾸지 못할 어마어마
한 금액인 것은 사실이다.

하지만 노형진이 그들에게 말한 기업을 기준으로 본다면
말 그대로 푼돈에 지나지 않는다.

"그러니 그 둘은 지분을 얻기 위해서라도 투자금을 더 늘
릴 수밖에 없을 거야."

노형진의 말에 손채림은 고개를 갸웃했다.

"과연 그렇게 쉽게 될까? 얼마나 늘릴지 모르겠지만, 수십 억 정도로는 효과가 없을 텐데."

"글쎄. 최소 두 배 이상은 늘리겠지?"

노형진의 말에 손채림은 고개를 갸웃했다.

"그렇게까지 할까?"

"하고도 남지."

"단순히 너랑, 아니 미다스랑 손잡고 싶다는 이유 하나만으로?"

"그것만은 아니야. 너도 알다시피 미다스는 일종의 승리의 징표 같은 존재야."

일단 투자하면 어마어마한 돈을 긁어모으는 미다스라는 존재.

그 때문에 사람들은 어떻게 해서든 미다스의 투자 정보를 알아내려고 혈안이 되어 있다.

미국 CIA가 어떻게 해서든 그 비밀을 감추려고 하는 이유 중 하나가 바로 그거다.

그걸로 벌어들이는 돈이 워낙 많으니까.

남과 그 정보를 공유하고 싶지 않은 거다.

보고를 올리면 미국의 정치인들이 너도나도 따라 투자할 테고, 결과적으로 자신들의 수익이 줄어들 테니까.

최악의 경우 그 책임을 물어서 내부에 있는 정보원을 미다스가 쫓아내면 더 이상 정보를 얻을 수도 없게 된다.

"아! 그러니까 그들은 이게 돈이 될 거라고 생각할 수 있다 이거구나!"

"정답! 분명 그런 생각을 할 거야."

사실 돈 되는 정보를 얻을 경우 그걸 활용해 돈을 벌려고 하는 건 인간의 본능 같은 거다.

국회에서 국토개발위원회가 가장 인기가 많은 건 그곳을 이용해서 돈을 벌기가 가장 쉽기 때문이다.

"그러니 그들은 무리해서라도 투자해서 지분을 얻으려고 할 거야."

"그러면 손해 아니야? 네가 성공하면 받아 준다고 했잖아."

"내가 아니라 그들이 미다스라고 생각하는 사람이 그랬지. 그런데 말이야, 스페이스 라이프 같은 경우는 모르지만 세라녹스는 성공 못해."

"성공 못한다고?"

"그거 사기거든."

"뭐어?"

눈이 화등잔만 하게 커지는 손채림.

이건 진짜 예상하지 못한 말이었으니까.

"거기에 투자된 돈이 1조가 넘는다면서?"

"그렇지. 그러니까 어이없는 거지."

심지어 그 사기에 당한 사람들도 철모르는 바보나 멍청이가 아니다.

전문적인 투자자들이나 세계적인 부호들, 심지어 노형진과 쌍벽을 이룬다는 투자 전문 재벌까지 거기에 투자해서 결국 어마어마한 돈을 날려 먹었다.

"사기라는 게 그런 거야. 이성적으로 잘 판단하면 피할 수 있다고 생각하지? 하지만 진짜 사기는 결코 막을 수가 없어."

운명이라는 게 있는지는 모르겠지만, 대학교수든 경찰이든 판검사든 그 누구라도 사기를 당할 수 있다.

사이비 종교를 털어 내면 그 안에 교수나 의사 같은, 소위 똑똑한 사람들이 얼마나 많은지 모른다.

심지어 사기꾼들에 의한 피해자의 숫자도 어마어마하다.

"도리어 그런 사람들이 한번 속으면 더 벗어나지 못하지."

자신은 남들보다 우월하다, 그러니 자신은 결코 잘못된 선택을 하지 않는다.

그게 그들의 마인드이기 때문에, 일단 넘어가면 쉽게 벗어나지 못한다.

"신동성도 이문소도, 그런 면에서는 마찬가지야. 아니, 세라녹스에 당한 대부분은 그런 식으로 당했지."

자신은 남들보다 더 뛰어나다고 생각했기에 본인의 선택을 의심하지 않았던 것.

"아니, 넌 그걸 어떻게 안 거야?"

'미래에서 봤으니까.'

물론 그걸 대놓고 말할 수는 없다.

하지만 그래도 적절한 핑계는 댈 수 있었다.

미래에서도 그 문제로 인해 발각되었으니까.

"조사를 좀 해 봤어. 그런데 그 개발자들 중에 질병 전문가가 없더라고."

"응? 그게 무슨 소리야? 그거 의료 진단 키트 아니야?"

"맞아. 그런데 질병 전문가가 없어."

물론 회사에서는 자체적으로 질병 전문가들을 고용했다.

그러나 그들이 속한 곳은 에딕슨 개발 부서가 아니라 검사 부서였다.

애초에 에딕슨의 결과는 현장에서 나오는 게 아니다.

일단 에딕슨이라는 의료 진단 키트를 이용해서 혈액을 조사하고 그 조사한 결과를 회사에 보내면, 회사에서 그 조사 결과를 분석해서 질병의 유무를 알려 주는 방식이었다.

쉽게 말해서 단 몇 방울의 피를 이용해서 250종의 질병을 확인할 수 있다는 것, 그게 에딕슨의 기본적인 개념이었다.

"그런데 이상하더라고. 그런 게 개발되었다면 노벨상이라도 받아야 하는 거 아냐?"

실제로 노벨상이라도 받아야 하는 정도의 개발품이고, 인류가 병으로 죽는 것을 예방할 수 있는 물건이기도 했다.

"그런데 이상하게 의료계가 조용해서 알아봤지. 그랬더니 세라녹스는 의료계와 거리를 두고 있었어."

"의료계와? 그게 가능해? 아니, 의료계가 아니면 대체 누가 투자하는데?"

세라녹스에서 의료계와 거리를 두는 건 어렵지 않게 알아
낼 수 있었다.

노형진은 미국의 거대 의료 기업들을 몇 개나 소유하고 있
으니까.

"그러니까 이상한 거야. 엄밀하게 말하면 세라녹스는 의
료 기기 회사에 가까워. 그런데 거기에 투자한 사람들은 IT
전문 기업이 대부분이란 말이지."

"진짜로? 아니, IT로 질병을 조사할 수 있어?"

"아직은 무리지. 전문가라는 말이 그냥 생긴 건 아니잖아.
아무리 IT 전문가라고 해도, 의료 전문가인 의사의 도움도
없이 의료 키트를 만든다? 그건 불가능하지. 이 시대를 이끄
는 게 IT이기는 하지만 그게 다 능사는 아니라고."

영화에서처럼 피 한 방울로 질병을 알아내거나 스캔 한 번으
로 모든 질병을 판단하는 것은 현재의 기술로는 불가능하다.

'그리고 그게 이번 사기의 가장 큰 문제가 된 부분이었고.'

IT 전문가들은 시대가 많이 발달하면서 일종의 자만심으
로 가득 차 있는 상태였다.

IT가 세상을 바꾼다, 새로운 기술이야말로 미래의 전부라
는 생각.

'그렇다 보니 의료 부분을 무시했지.'

그들은 IT 기술로 충분히 의료를 대체할 수 있다는 생각을

했고, 그 시점에 나온 게 바로 세라녹스의 에딕슨이다.

'그렇잖아도 실리콘밸리는 조급함을 느끼고 있었으니까.'

실리콘밸리를 비롯한 IT 기업들은 혁신을 외친다.

그런데 스마트폰 이후에 세계적인 충격을 준 혁신은 없었다.

대부분이 성능의 발달 정도였다.

물론 그것만으로도 충분했지만, IT 기업이나 투자자는 과거 스마트폰의 혁신 같은 영광을 다시 한번 재현하기를 원했고, 세라녹스의 에딕슨은 그런 혁신을 대표하기에 가장 좋은 대상이었다.

그게 문제였다.

제대로 된 검증도 하지 않고 세라녹스와 에딕슨을 찬양하기 시작하면서 브레이크가 걸리지 않게 되었던 것.

'그리고 그 과정에서 의사들은 철저하게 배제되었지.'

심지어 세라녹스의 진 벨라는 의료계 쪽도 아니고 화학 쪽 인재였으며, 그마저도 대학을 2학년 때 그만둔 사람이었다.

그러나 그녀는 자신을 그럴듯하게 포장하는 데 능숙했다.

그렇게 투자금을 모으고 거의 완성된, 아니 완성되었다고 주장하는 에딕슨을 가지고 어마어마한 돈을 긁어모았다.

"미국의 IT 기업들이 어마어마하게 돈을 투자하고 지분을 확보하는 데 혈안이 되어 있으니, 이문소와 신동성은 최소한의 의심도 하지 않겠지. 더군다나 미다스라는 이름까지 붙었으니까."

아마도 그들은 어마어마한 돈을 투자함으로써 자신들을 증명하고 미래의 수익을 확보하려고 할 것이다.

"그리고 그걸 내가 뒤집는 거지."

"만일 진짜라면?"

미래에 사기였다는 게 드러나면 가짜라는 걸 알지만, 그걸 모르는 손채림은 혹시나 하는 마음에 물었다.

"그런 거라면 나도 두 손 들어 환영하지. 그게 성공한다면 매년 최소 수백만 명을 구할 수 있을 테니까."

모든 질병을 초기에 알아내어 병세가 심해지기 전에 치료할 수 있다면, 그건 불가능한 일도 아니다.

"하지만 그럴 것 같지 않으니, 필요하다면 이용해 먹어야지, 후후후."

⚖

"조사 결과는?"

"거의 확실합니다. 적지 않은 투자가 들어가 있습니다. 내부적으로는 거의 완성 단계로 보입니다."

신동성은 지그시 눈을 감았다.

지금까지는 이문소와 손을 잡고 함께 왔지만, 그렇다고 해서 이문소와 영원히 함께할 생각은 없었다.

어차피 대동이 원래 목표에 따라 한국에 진출하게 되면 이문소, 아니 두한은 쓰러트려야 하는 적 중 하나가 될 뿐이니까.

"확실히 미다스가 욕심을 낼 만하군."

"그러면 어떻게 할까요?"

"다른 정보는 없나?"

"일단 투자에 대한 정보를 봤을 때, 사실에 대해서는 의심할 여지가 없어 보입니다."

"내부의 개발 상황이나 자료는?"

"보안이 너무 심합니다. 관련자들은 절대로 입을 열지 않고 있고요."

"하긴, 나라도 그러겠군."

전 세계의 의료 시스템을 손에 넣을 수 있는 물건이다.

누군가 따라 한다면 심각한 문제가 될 수도 있다.

"하지만 다른 투자자들에게 보여 준 시연을 본다면 충분히 가능성이 있다고 보입니다."

"그렇단 말이지."

눈을 감고 편하게 앉아 있던 신동성은 눈을 번쩍 떴다.

"우리가 투자한다고 하면 얼마나 가능하지?"

"대략…… 4천억까지는 가능합니다만……."

부하는 말을 하면서도 꺼림칙한 표정이 되었다.

그럴 수밖에 없다. 불안하니까.

"고작?"

그리고 신동성 역시 어이없다는 표정이 되었다.

고작 4천억이라니?

그가 아는 대동이라면 그 열 배도 우습게 할 수 있는 곳이었다.

"아시다시피 요즘 상황이 너무 안 좋습니다. 싸움이 정리되기는 했지만 그동안 들어간 돈이 너무 많습니다. 그리고 얼마 전에 야베가 잡혀 들어가서……."

"끄응……."

야베가 잡혀 들어간 후 일본에는 극단적인 경기 불황이 닥쳐왔다.

그동안 야베가 감추고 있던 온갖 비리와 실제 상황이 터져 나오면서, 일본이 망하기 직전이라는 소문이 퍼진 탓이었다.

그 바람에 일본 은행에 있던 최소한의 자금도 죄다 빠져서 한국으로 넘어가 버려, 대동 역시 상황이 좋지 않았다.

"고작 4천억이라고?"

신동성은 기가 막혔지만 그렇다고 해서 그걸로 부하를 탓할 수도 없는 노릇이었다.

"물론 잉여 자금으로 분류된 부분입니다. 임금이나 필수적인 지출금이 있으니까요."

"4천억이라……."

확실히 돈이 될 만한 상황이다. 온갖 조사 결과가 다 그렇다. 그런데 투자할 수 있는 돈이 고작 4천억이라니.

물론 무시할 수 없는 돈이기는 하지만…….

이것이 삶이다

"2천억을 투자금으로 돌리도록 하지."

"네? 하지만 회장님."

이제는 회장으로 불리는 신동성.

그리고 그에게는 그만큼의 권력이 있었다.

"그래도 2천억 정도의 여유 자금이 남는 것 아닌가? 그리고 상황은 조금씩 나아질 테고."

"그거야 그렇습니다만."

야베가 잡혀가고 혼란이 극에 달해서 당장은 이 지경이지만, 언젠가는 나아질 수밖에 없다.

사람은 돈을 써야 한다.

먹고 마시고 입어야 한다.

그리고 대동은, 그 먹고 마시고 입는 것에 진출해 있는 기업이다.

"그러니 일단 절반만 투자하도록 하지."

"그러면 바로 두한 측과 이야기해서……."

"눈치가 이렇게 없어서야."

신동성은 일단 두한과 이야기하려고 하는 부하를 책망하는 듯 말했다.

"결국 승자는 하나야. 그게 무슨 소리인지나 알아?"

"알겠습니다, 회장님."

부하는 바로 고개를 숙이며 말했다.

"그러면 스페이스 라이프는 어떻게 할까요?"

"흐음."

확실히 스페이스 라이프도 탐이 나기는 한다.

우주로 간다는 것. 그것은 무엇보다도 탐나는 일이니까.

하지만 스페이스 라이프의 경우는 말 그대로 미래를 위한 투자다.

성공한다고 해도 최소한 30년 이상을 기다려야 제대로 수익이 날 수 있는 곳.

'물론 그 수준이 다르겠지.'

인간이 우주로 나가기 시작하면 과연 어떤 일이 벌어질까?

'하지만 너무 멀어.'

사실 대동은 아주 먼 미래를 준비하는 기업은 아니다.

강력한 힘으로 당장 돈이 되는 사업을 흡수하는 게 그들의 방식이었다.

'그렇다고 무시할 수도 없는 노릇이고.'

스페이스 라이프의 경우는, 당장 돈은 안 되겠지만 미다스가 그곳의 권리에 대해 관심을 가지고 있다.

그 말은, 스페이스 라이프의 경우는 울며 겨자 먹기로 투자를 해야 한다는 거다.

"500억 정도로 하지."

"네? 그러면 예비 자산이 1,500억뿐입니다."

"어쩔 수 없지. 필요하다면 미다스에게서 빌리거나 해 봐야지. 지금 상황에서는 어쩔 수 없어. 우리가 살아남기 위해서는 미다스의 힘이 필요해."

"알겠습니다, 회장님."

부하가 고개를 숙이고 나가자 신동성은 의자에서 일어나 창밖의 도시를 바라보았다.

한때 모두가 자신의 발아래에 있다고 생각했던 도시.

그러나 어느 틈엔가 멀어져 버렸다.

"다시 한번…… 내가 지배한다."

도시뿐만 아니라 전 세계를 지배할 거라는 야망으로, 신동성은 활활 불타고 있었다.

⚖

"대동도 우리와 똑같은 생각을 할 거다."

이상주는 아들인 이문소에게 진지하게 말했다.

"어떻게 해서든 자신을 증명하려고 하겠지."

"아버님 말씀이 맞습니다. 애초에 믿음으로 이어진 관계는 아니니까요."

그 둘은 노형진 배제라는 부분에서 손잡은 것뿐이다.

그리고 미다스와 손을 잡기 위해 노력 중이다.

"그런데 결국 대리인 자리는 하나뿐이야."

그럴 수밖에 없는 게, 대리인이 다수라면 혼란이 오기 때문이다.

한 지역당 하나, 바로 그게 철칙이다.

두 명만 돼도, 양쪽이 상반된 주장을 하기 시작하면 혼란이 야기될 수밖에 없다.

"일단은 한국 대리인과 일본 대리인이라는 과정을 거칠 수도 있겠지만……."

"아시아에서 부딪치는 것은 어쩔 수 없겠군요."

동남아시아 쪽은 아직 경제력이 강하지 않아서 눈에 띄는 능력자가 많지 않다.

중국 같은 경우는 시스템 자체가 외부 투자자들의 재산을 빼앗을 수 있는 구조로 되어 있기 때문에 섣불리 대리인을 쓸 수가 없다.

당장 그동안의 기록을 봐도 중국에서 대리인들은 2년 이상 이어지지 않았다.

그마저도 실제로 중국의 마이스터 대리인이 재산을 빼돌리려고 하다가 발각되어서 재판을 받고 총살되기까지 했다.

마이스터의 보복이 들어올까 두려워서 중국에서 알아서 죽여 버린 것이다.

그리고 그 이후에 마이스터와 미다스는 중국에서 고정적인 대리인을 뽑지 않았다. 그마저도 일정 금액 이상은 아시아 대리인의 결정을 받아야 하는 조항을 넣었고.

"결국 아시아 대리인이 된다면 둘 중 하나는 죽어야겠지."

아시아 대리인의 자리는 하나뿐이고, 거기에 두한과 대동이 함께 들어갈 수는 없다.

그리고 두한도 대동도 서로 공존할 수는 없다.

"역시 그걸 막기 위해서는 세라녹스를 노려야 할까요, 아버지?"

"그럴 거다. 스페이스 라이프는 너무 위험해."

아직 인간이 우주에 진출할 수 있는지조차도 확실하지 않은 상황이다.

설사 한다고 해도 상당한 시간이 걸릴 테고, 제대로 된 수익이 나기까지는 그보다 몇 배 더 시간이 걸릴 것이다.

"그러면 역시 세라녹스군요."

"그리고 신동성 그놈도 세라녹스를 탐낼 거야. 우리가 배신을 생각하는데 그놈은 그러지 않을 이유가 없지."

세라녹스의 에딕슨은 거의 완성 단계라고 했다.

2년 안에 제대로 상품 판매가 시작되며, 그때는 전 세계적으로 돈을 긁어모으는 일만 남았다.

"우리한테 여유 자금이 얼마나 있지?"

"대략 1조 정도 있습니다."

눈물을 머금고 두한자동차를 판 덕분에 그래도 자금 면에서는 두한이 대동보다는 나았다.

특히 대동의 자산은 엔화인데, 쿠데타 이후에 엔화의 가치가 폭락하면서 대동의 자산 역시 폭락한 상황.

결국 대동은 가지고 있는 달러로 해결해야 하니 아무래도 원화와 달러를 동시에 쓸 수 있는 두한보다 불리한 상황이었다.

"모두 다 투자할까요?"

"아니, 그건 아니야. 그 정도까지 할 수는 없어."

세라녹스의 자산이 대략 1조 원이다.

그런데 그와 비등한 금액을 한 번에 투자하면, 기존의 투자자들이 당연히 거칠게 항의할 수밖에 없다.

아마도 주주총회에서 그 투자를 받아 주지도 않을 것이다.

"적절한 것은 대략 1천억에서 2천억 정도 되겠군."

그 정도면 기존 대주주들을 위협할 정도의 지분은 아닐 것이다.

"어차피 에딕슨의 공장도 만들어야 하니까."

현재 에딕슨은 시험용 모델을 소량으로 자체 생산하는 중이다.

당연히 제대로 된 공장은 없다.

"하긴, 그때 가서 다시 투자를 받겠군요."

"그러겠지."

에딕슨이 제대로 만들어져서 판매가 시작되면 그 공장은 전 세계에 어마어마하게 필요하게 될 것이다.

"우리가 어느 정도 권한이 있으면 한국에서 그 공장을 유치할 수도 있고."

정확하게는 한국과 일본 등의 독점적 판매권을 차지함으로써 막대한 수익을 낼 수 있을 것이다.

"그럴 정도의 권한을 확보하려면……."

잠깐 고민하던 이상주는 마음을 굳혔다.

"투자금은 2천억으로 한다."

"2천억으로요?"

"그래. 대동보다는 많아야 해. 그리고 대동이 현재 상황이 좋지 않으니까, 만일 대동이 돈을 더 준다고 하면 우리도 그 금액을 더 늘리고. 그리고 스페이스 라이프는 1천억으로 해라. 우리도 미래를 대비한다는 모습을 보여 줘야 제대로 도움을 받을 수 있을 테니."

"알겠습니다."

"가능하면 대동을 견제해라, 아들아. 어차피 그놈들과 우리는 같이 못 가."

이문소는 고개를 끄덕거렸다.

⚖

같은 시각, 노형진은 미국에서 자신의 병원에 있는 의사들을 만나고 있었다.

그들은 노형진의 말에 코웃음을 쳤다.

"장난합니까?"

"그게 가능했으면 우리가 벌써 달려가서 달라고 애원했겠지요."

의사들의 표정은 딱 이랬다. 뭔 미친놈의 헛소리냐.

"가능성이 없나요?"

"절대 없습니다."

고개를 흔드는 의사들.

"1~2종이야 가능하겠지요. 하지만 250종이라고요? 그 정도의 질병을 판단하기 위해서는 전문 병원급의 시설이 필요합니다. 그것도 아주 작심하고 검사해야 하지요."

일반적으로 사람들이 하는 종합 건강검진의 경우는, 널리 알려진 질병들을 조사하는 거다.

그런데 그 방법이 전혀 다르다.

"암과 백혈병과 감기와 폐렴은 다릅니다. 코로나도 다르며, 에이즈나 에볼라도 다르죠."

암과 백혈병은 신체에서 이상 징후를 일으키는 질병이다.

감기나 폐렴은 세균성 질병이고, 에이즈나 에볼라 같은 경우는 바이러스성 질병이다.

"똑같이 병이라고 부르지만 진단법은 전혀 다릅니다."

암 같은 경우는 엑스레이나 CT 같은 방법을 통해 신체를 확인하고, 백혈병은 혈액 내 백혈구의 숫자로 판단한다.

감기나 폐렴은 체내의 반응과 세균의 종류로 판단하고, 바이러스 역시 그 안에 있는 바이러스의 종류로 판단한다.

"그런데 그 작은 키트 하나로 무려 250종요? 쉽게 말하면 이런 겁니다. 내가 트럭을 고칠 줄 아니까 로켓엔진도 고치겠다."

"맞습니다. 의사도 그런 진단은 못 내립니다."

의사도 저마다 영역이 있다.

그런 전문적인 진단을 내릴 수 있는 사람들은 소위 진단학과라고 하는, 치료보다는 질병의 종류 확인에 특화된 일종의 연구 전문의들이다.

"그리고 그들이 만든 기준에 따라 저희가 진단을 내리는 겁니다. 혈액검사로 나오는 수치 몇 개로 이 사람이 어떤 질병에 걸렸는지 전부 확인할 수는 없습니다."

사람의 면역 시스템은 당연히 어떤 세균이나 바이러스가 들어와도 반응하게 되어 있다.

"일부 시약이 존재하기는 하지만, 그 시약도 정확하게 진단을 내릴 수는 없고요."

일단 시약에 반응하는 것은 여러 종류의 질병이다.

간단하게 시약으로 검사하고 반응이 있으면 정밀 조사에 들어가서 질병을 확정하는 게 일반적인 진료의 과정.

"그런데 암과 세균과 바이러스는 반응 시약이 전혀 다른데 그걸 하나로 묶어서 만든다?"

"개소리도 그런 개소리가 없네요."

'그렇군. 역시 그렇게 되는군.'

원래 역사에서도 그러한 이유로 발각되면서 문제가 되었다.

IT 쪽에서는 혁명이니 뭐니 하면서 빨아 줬지만, 의사들을 배제하고 자기들끼리만 떠든 덕에 의사들이 잘 모르거나 관심이 없다가 너무 유명해지니 결국 따지고 들었던 것.

그게 기자의 귀에 들어갔고, 기자는 취재를 통해 그게 사기였다는 걸 증명해 내는 데 성공했다.

'아직은 터질 때가 아니지만.'

아직은 IT 쪽에서만 핫한 상황이라, 정작 의료계에서는 그다지 관심을 보이지 않고 있다.

"이 부분에 대해, 나중에 터트려 주실 수 있겠습니까?"

"그거야 어렵지 않지요."

"이런 사기로 도대체 얼마나 많은 사람을 죽이려고 하는 건지……."

그들이 가지고 가는 돈은 단순한 투자금이 아니다.

만일 그 돈이 진짜 의학계에 투자되었다면 얼마나 많은 약이, 얼마나 많은 기술이 발달했을지 아무도 추측할 수 없는 수치다.

"바로 기자회견을 할까요?"

"그건 안 됩니다. 아직 증거가 없습니다. 일단 그들의 주장이 그렇다는 거니까요. 누군가 보면 밥그릇 싸움이라고 할 수도 있습니다."

"밥그릇 싸움?"

"한국식 표현입니다. 돈을 두고 싸우는 걸 그렇게 표현합니다."

"틀린 말은 아니군요."

확실히 에딕슨이 성공하면 많은 의사들이 심각한 피해를 입을 수밖에 없으니까.

"일단 주요 정보를 모으겠습니다. 그동안에, 나중에 시료를 바탕으로 검사할 만한 사람들을 선발해 주십시오."

"아! 알겠습니다."

이쪽에서 아무리 아니라고 주장해 봐야 아무런 의미도 없다.

확실하게 상대방을 무너트리기 위해서는 그 에딕슨이라는 키트를 사용해 보면 된다.

250종이라고 했으니, 그에 대응하는 질병에 대해 조사하는 것만으로도 결과를 볼 수 있다.

"최소한 50종만 나와도 진짜 내가 가서 무릎을 꿇고 빌겠습니다, 그거 팔아 달라고."

의사들의 말에 노형진은 씁쓸하게 웃으며 말했다.

"저도 그렇습니다. 하지만 그럴 일은 없을 것 같네요."

당한 놈만 서러운 법

　노형진이 그렇게 의사들을 설득하고 그들에게 대항할 수 있는 방법을 만들어 주는 사이에, 대동과 두한은 동시에 주주총회에서 만났다.

　그리고 그들의 안건이 올라갔을 때 그 둘은 서로를 노려볼 수밖에 없었다.

　'이런 개새끼 같으니.'

　'역시 조센징은 믿을 게 못 된다더니.'

　두한에서 내놓기로 한 투자금 2천억.

　그리고 대동에서 내놓기로 한 투자금도 2천억.

　원래 투자금은 둘이 합쳐서 400억이었으니, 순식간에 4천억으로 열 배나 뛴 것이다.

그마저도 자기들끼리 속여 가면서 말이다.

"두 분, 표정이 왜 그러시지요?"

"아닙니다, 하하하."

진 벨라가 고개를 갸웃하면서 물어보자 서로를 노려보던 이문소와 신동성은 고개를 흔들며 재빨리 표정을 바꿨다.

"일단 해당 금액에 대한 투자는 인정되었습니다. 두 분에게는 그에 상응하는 주식이 제공될 겁니다. 물론 돈이 다 들어온 이후에요."

"바로 넣어 드리지요."

"그리고 두 분이 지급하신 금액은 일단 공장 부지 비용으로 사용될 겁니다. 연구는 거의 끝났지만 마땅한 공장 부지를 찾지 못하고 있어서요."

"그런가요?"

"네. 그러니 공장 부지를 찾는 대로 구입하겠습니다."

세라녹스는 아직 공장이 없는 상황이다.

그리고 그 부분을 공략하는 것이 성공한 두 사람은 제대로 투자할 수 있었다.

"돈이 썩어 문드러지는 모양이군. 일본이 그 꼴이 났는데 말이야."

이문소는 신동성을 보고는 이죽거리면서 놀렸다.

"서로 다른 말 할 처지는 아닌 것 같은데. 그 징벌적 손해배상을 다 지급하고도 남은 돈이 있었나? 거기 주주들은 병신들만 모인 모양이군. 너 같은 놈들을 가만두는 걸 보니 말이야."

"너희보다는 그래도 정상이지. 어쭙잖은 쿠데타로 권력을 잡으려다가 날아간 총리라니."

"총리는 총리고 나는 나다. 별로 관계가 없지."

"글쎄. 요즘 시대에 어디 엔화를 받아 주는 나라가 있던가? 아무리 손에 잔뜩 쥐고 있어도 쓰지 못하는 돈이라면 의미가 없는 거 아닐까?"

서로를 바라보면서 눈에 불을 켜는 두 사람.

하지만 그들의 대화는 오래가지 못했다.

그들에게 다가오는 사람들이 있었기 때문이다.

"안녕하십니까? 저는 필라델피아에서 온 로슨이라고 합니다."

명함을 건네며 본인을 로슨이라고 소개하는 남자를 보면서 두 사람은 고개를 갸웃했다.

"무슨 일이신지?"

"혹시 시간이 되시면 같이 식사라도 하시지요."

"우리에게 하고 싶은 말이 있나요?"

"공장 건에 대해, 간단한 브리핑이라도 해 드리고 싶어서요."

"공장?"

그제야 두 사람의 눈에 주주 회의장에 들어오지 않은 사람들이 보였다.

그들은 각자 주주 회의장에서 나온 사람들에게 명함을 건

네면서 뭔가를 하고 있었다.

"그렇게 되는 거로군."

신동성은 바로 그들이 뭘 하는지 알아챘다.

그리고 처음에는 이해하지 못하고 눈을 살짝 찌푸리던 이문소 역시 곧 알아들었다.

"로비로군."

미국은 로비의 나라라 불린다.

애초에 로비가 합법이고, 또 로비스트라는 직업도 있는 나라.

"맞습니다. 저는 로비스트입니다."

눈을 반짝이는 로슨.

"공장과 관련해서 제가 몇 가지 브리핑을 하고 싶은데요."

에덕슨은 세라녹스에서 발매만 한다면 성공이 확정된 물건이다.

그리고 그걸 만들기 위한 공장의 설립은, 한 지역의 경제를 지탱할 뿐만 아니라 어마어마한 지역 수입도 가지고 올 수 있는 일.

"모두가 공장의 유치를 원하고 있으니까요."

그리고 공장의 유치에 있어서는 주주들의 의향이 절대적이다.

주주들이 어느 지역을 선택하느냐에 따라 공장 유치가 결정될 테니까.

"그래서……."

사실 생각해 보면 이미 지역을 선택해서 작업에 들어갔어야 한다.

아직 미완성이라고는 해도, 이미 거의 끝났다고 했으니까.

그런데 아직도 공장을 고르지 못한 것은, 주주들이 공장의 설립 위치를 가지고 싸우고 있기 때문.

'그리고 우리는 새로 들어온 주주다.'

이문소는 눈을 반짝거렸다.

새로운 주주. 그 말은, 지금까지 이어져 온 균형이 무너진다는 뜻이다.

"같이 이야기해 보지."

신동성 역시 긍정적으로 고개를 끄덕거렸다.

그 역시 기업의 대표로서 많은 로비를 받아 왔고, 그걸 이용해서 자신의 주머니를 채워 왔으니까.

"동행하시지요."

이문소와 신동성은 서로를 잠깐 바라보다가 천천히 같이 움직였다.

돈만 된다면 서로의 불화쯤 잠깐 무시하는 건 어렵지 않았다.

⚖️

그들의 투자가 확인되자 노형진은 바로 움직이기 시작했다.

"너무 쉽게 속으니까 어이가 없네."

"그러게. 이런 건 보통 의사들을 불러서 한번 물어보지 않아?"

"그렇기는 하지. 그런데 신기술이라는 건 진짜 애매하거든. 신기술이라는 건 기존에 없던 거야. 그러니까 전문가라는 게 없지. 자칭 전문가야 넘쳐 나겠지만."

자동차가 처음 나왔을 때, 사람들은 그게 뭔지도 몰랐다.

스마트폰이 처음 나왔을 때, 한국에서는 스마트폰의 개념조차 이해 못 하고 그저 비슷하게 만들었다가 '폭망'했다.

전문가라는 것은 결국 그 새로운 개념을 이해하고 그걸 완벽하게 설명할 수 있어야 한다.

"그런데 이런 신기술은 기본적으로 보안이 깔려 있잖아."

그러니 전문가라는 게 있을 수가 없다.

실제로 원래 사건에서도 진 벨라가 금방 사기꾼으로 취급받지 않고 재판을 오래 끌 수 있었던 것도, 새로운 기술은 과거의 사람들이 이해하지 못한다는 점 때문이었다.

그걸 어필하면서 시간을 끌었지만, 결국 그녀는 눈앞에서 직접 테스트를 해 보라는 말에 무너지고 말았다.

"이건 기업도 마찬가지거든. 돈으로 해결할 수 있는 성향의 문제가 아니야."

돈이 얼마가 있든 그 기술에 대한 개념조차 없는 사람이 무조건 된다, 안 된다 확신할 수는 없다.

"나도 마찬가지고."

"의사들을 모아서 그걸 검증한다고 했잖아. 그러면 의미가 없는 거 아냐? 진짜 신기술이라면, 의사들의 불가능하다는 견해가 틀린 것일 수도 있잖아."

"맞아. 그건 사실이지."

"그러면 사기가 아닌가……."

"사기 맞아. 전에도 말했지만 에딕슨을 개발하는 사람들은 의료용품을 만드는 거야. 그런데 의료 전문가가 단 한 명도 없다는 게 말이나 돼?"

아무리 신기술이라고 해도 과거의 기술이 조금도 들어가지 않는 것은 아니다.

자동차가 맨 처음 나왔을 때도, 바퀴가 있고 톱니가 있었으며 엔진이 있었다.

스마트폰 역시 마찬가지였다.

전파 기술이 들어가고 화면 기술이 들어가며 촬영 기술이 들어간다.

과거로부터 혁신적으로 발전된 형태일 수는 있으나, 과거에서부터 완전히 개별적인 기술이 툭 튀어나오는 것은 거의 기적에 가까운 일이다.

"이 에딕슨 역시 마찬가지야."

개발진에 신체적 질병과 세균성 질병과 바이러스성 질병을 구분할 줄 아는 사람이 없는데 어떻게 그 구분의 기준을 정하고 분류하여 측정해 내겠는가?

"그러니 내가 사기라고 확신하는 거야. 음…… 이렇게 표현하면 맞겠네. 내가 사기꾼의 전문가니까."

"이해했다. 넌 사기꾼을 특정할 수 있다는 거구나."

손채림은 고개를 끄덕거렸다.

노형진은 수많은 사기꾼들을 만났는데, 그들에게는 특징이 있었다.

그 때문에 노형진이 사기꾼이라고 판단한 것이라고 생각한 것이다.

'뭐, 틀린 말은 아니지.'

설사 진 벨라가 사기꾼인 것을 모르는 상태였다고 해도 노형진은 그녀가 사기꾼이라고 판단했을 것이다.

그녀가 보이는 모든 모습들이 사기꾼들에게서 보이는 전형적인 행태였으니까.

"그러면 이제 그 사람을 잡는 거야?"

"슬슬 잡아야지. 대동과 두한의 경우는 모르지만, 피해자를 더 만들어 낼 수는 없으니까."

노형진은 그렇게 말하면서 고개를 끄덕거렸다.

"하지만 어떻게 사기꾼이라는 걸 증명할 건데? 그게 문제 아니야? 우리가 같이 연구하자고 하면 그쪽에서 승낙할까?"

"아니야. 마침 적당한 것이 있어."

노형진은 빙긋 웃으며 말했다.

빌리의 〈미드 투나잇〉, 속칭 '빌리 쇼'라고 불리는 이 프로는 미국에서도 상당한 인기를 끌고 있는 프로그램이다.

노형진의 기억이 맞다면 진 벨라는 거기에 출연하게 된다.

'그리고 거기서 의심받게 되지.'

방송에서 어떤 과정으로 그 250종의 진단이 가능한지에 대해 간단하게 물었을 때, 진 벨라의 대답이 이상했기 때문이다.

진 벨라는 "혈액을 분석하여 그 결과를 도출해서 그 결과를 회사 측에서 재분석해서 병을 진단합니다."라고 대답했는데, 상식적으로 그건 너무 당연하고 두리뭉실한 대답이었으니까.

모 정치인의 말버릇을 빌리자면 '결혼은 어떻게 하셨습니까?'라는 질문에 '혼인신고를 했으니까 결혼한 것입니다.'라고 대답한 셈이었다.

그걸 보고 기자 중 한 명이 이상함을 느꼈고, 그 결과 그녀의 사기가 드러난 것이다.

'하지만 이번에는 거기까지 가지 못하도록 하자.'

노형진은 미리 빌리 측에 접촉해서 떡밥을 던졌다.

"사기라고요?"

"그렇습니다. 그런 의심이 보입니다. 확실하게 하기 위해서는 검증을 받아야 하는데, 그런 기록이 없어요."

"하지만 그동안의 실험에 따르면 충분히 검증해 오고 있다고…….."

"그게 에딕슨이라는 키트로 한 건 아닙니다."

"네? 그게 무슨 말입니까?"

"에딕슨은 아직 실험 단계라 기밀로 분류되고 있습니다. 그 때문에 직접 에딕슨으로 검증하는 장면은 나온 적이 없지요."

"으음?"

일단 혈액을 채취해서 보내면, 세라녹스는 그걸 에딕슨으로 분석하여 병을 확인했다고 이야기한다.

그게 지금까지의 검증 방법이었다.

"그 과정에서 에딕슨이 실제로 나온 적은 없습니다."

물론 형태를 가진 키트가 나오기는 했다.

하지만 그게 진짜로 분석이 가능한 건지 어떤지는 알 수 없었다.

말 그대로 형태만 나왔을 뿐, 그걸로 현장에서 바로 검증하거나 조사한 건 아니니까.

"으음……."

빌리는 고민에 빠졌다.

그가 그녀를 포섭한 건 그녀가 이슈가 되기 때문이다.

현재 IT 쪽에서는 제2의 빌이라고 하면서 그녀를 찬양하고 있다.

빌은 스마트폰의 시장을 알린 천재이다.

그런데 그런 사람과 비견되는 그녀가 사기꾼이라면…….

"시청률이 아주 하늘을 뚫겠는데요?"

방긋 웃는 빌리.

"하실 생각이 있으신가요?"

"당연하지요. 어느 쪽이든 저희는 손해가 없으니까요."

만일 사기꾼이라고 하면 자신의 방송에서 그게 드러나는 거니까 시청률이 어마어마하게 오를 것이다.

반대로 에딕슨이 사실이라고 해도, 자신들을 통해 제대로 홍보하는 것이니까 또 시청률이 오를 테고 말이다.

"그러면 어떻게 해 드릴까요?"

"일단 의사들에게 이야기해 놨습니다. 중간에 그들과 연결해 주시면 됩니다."

노형진은 빌리에게 계획을 설명하기 시작했다.

⚖

"그렇군요. 그런 식으로 인류의 미래가 바뀌곤 하지요."

진 벨라는 화상으로 연결해서 대화를 하고 있었다.

-맞습니다. 현실에 안주하고 지금의 시스템만을 강화한다면 미래는 바뀌지 않습니다. 인류의 의학과 방역은 계속 발달해 왔지요. 비누가 생김으로써 위생이라는 걸 손에 넣었

고, 백신을 개발함으로써 병의 예방이 가능해졌습니다. 에딕슨은 그 의학의 발전에 또 다른 이정표가 될 것입니다. 에딕슨의 존재로 병이 심해지는 것을 막음으로써 막대한 사회비용과 치료비를 아낄 수 있게 될 것입니다. 또한 그만큼의 죽음도 피할 수가 있겠지요.

특유의 허스키한 목소리로 이야기하는 진 벨라.

그녀의 모습은 전 미국으로 송출되고 있었다.

"그러면 그 에딕슨이라는 건 얼마나 완성된 거지요?"

─얼마 남지 않았습니다. 90% 이상 완성되었다고 보시면 됩니다.

"그러면⋯⋯."

빌리는 여기서 잠깐 심호흡했다.

원래 이런 쇼 프로그램은 어느 정도의 이야기를 주고받는다.

무슨 소리냐면, 일종의 대본처럼 질문을 예정해 둔다는 거다.

그러나 기습적인 질문이 아예 없는 것은 아니다.

아무리 쇼라지만 기본적으로 방송이니, 상대방이 유명한 사람일수록 뭔가를 터트리면 시청률이 높아지니까.

'그리고 이제 그 질문이지.'

빌리는 심호흡하며 물었다.

"그걸 시연해 주실 수 있나요?"

─시연이라고 하신다면?

"그 에딕슨을 이용해서 진단해 주실 수 있나요?"

이것이 법이다

－피실험자가 있나요?

"네. 실험을 하는 데 도움을 주실 분들을 모셨습니다."

그러면서 한쪽을 가리키는 빌리.

그러자 그곳에서 세 명의 의사들이 모습을 드러냈다.

"비할란그룹의 의사분들입니다."

－비할란?

비할란그룹. 마이스터가 가지고 있는 전국적인 병원 체인
이다.

파타의료재단 사태, 즉 병원에서 수십 년간 보험사를 속였
던 비리를 그들 역시 저지르고 있었고, 노형진은 그런 비할
란재단을 집어삼켜서 비할란그룹이라고 이름을 바꿨다.

사실 파타재단도 작은 곳은 아니지만 전국적인 규모는 비
할란그룹이 훨씬 크기에, 이번 일에는 파타의료재단이 아니
라 비할란그룹을 내세운 것이다.

의사들이 이름이 좀 있어야 좀 더 치명인 타격을 줄 수 있
으니까.

워낙 크기 때문에 진 벨라도 알고 있는 곳이다.

"그렇습니다. 그분들의 도움을 받아서 실험을 해 보려고
합니다."

－그분들이 혈액을 보내 주신다는 건가요? 그런 거라면 가
능합니다만.

"조금 다릅니다. 회사 쪽에서 가지고 가는 것은 혈액이 아

니라 검사지입니다."

―검사지라니요?

"애초에 에딕슨의 검사 방법은 검사지 아닌가요?"

소량의 피를 에딕슨을 이용해서 검사하고 그 결과는 세라녹스로 보내면, 그 이후에 세라녹스에서 그 결과를 분석해서 알려 준다.

그게 바로 세라녹스와 에딕스의 방법이었다.

"여기 의사분들이 혈액을 채취하여 보관하실 겁니다. 아, 물론 환자들의 동의는 받을 거고요. 이후 세라녹스에서 에딕슨을 가지고 와서 병원에서 해당 혈액을 분석하는 겁니다. 그렇게 분석한 서류를 바탕으로 세라녹스에서 다시 분석해서 질병의 유무를 판단하는 거지요."

―그건…….

"이렇게 하면 에딕슨의 비밀은 보호하면서 성능은 확실하게 증명할 수 있겠지요."

에딕슨 실험용으로 제공되는 혈액은 철저하게 익명이다.

그뿐만 아니라 사전 정보 역시 제공되지 않고, 무조건 혈액만으로 검사한다.

―아직 에딕슨은 완성 단계가 아닙니다. 에딕슨이 완성되고 나면 그때…….

"물론 저희도 완벽한 결과를 바라는 것은 아닙니다. 하지만 90% 이상 완성되었다고 하셨으니 당연히 예정된 250종의 질병 중 최소한 225종 내에서는 확인이 가능하겠지요. 그렇지 않습니까?"

그래야 정상이다.

각 질병을 90%의 확률로 진단하는 거라면, 그건 90%의 완성이 아니라 완전한 미완성이다.

250종의 질병이라면 최소한 225종의 질병은 진단이 가능해야 90%의 완성이라고 할 수가 있다.

'그렇지, 그게 정상이지.'

노형진은 무대의 앞쪽에 앉아, 대답을 못 하는 화면 속의 진 벨라의 모습을 보면서 속으로 중얼거렸다.

'상품이라는 게 그렇게 완벽하게 나올 수가 없지.'

250종의 진단? 그런 게 가능한 키트를 지금의 기술로 만들 수 있다고 해서 갑자기 툭 튀어나올 수는 없다.

당장 100종, 아니 50종만 확실하게 진단해 낸다고 해도 현재 인류에게는 어마어마한 혜택이 돌아오고, 막대한 돈을 벌 수 있다.

'그런데 그걸 알면서도 굳이 250종을 채우려고 연구하면서 시간을 끌 필요가 없지.'

처음에는 50종만 진단하는 걸로 내놓고 차츰 성능을 높이거나, 나머지 50종을 진단하는 다른 키트를 추가로 내놓으면서 판매하는 것이 상업적으로는 더 효과적이다.

누군가에게는 게임처럼 DLC 파는 거냐고 욕먹을 수도 있겠지만, 현실적으로 말하면 그렇다고 해도 사서 써야 하는 것이 자본주의사회다.

그리고 상업적인 면에서는 확실히 그게 맞다.

게임에서 DLC가 생긴 건 상업적인 면 때문이다. 미국은 전 세계에서 가장 상업적인 나라라고 말이다.

그런데 그렇게 돈을 벌 수 있는 기회를 누가 마다할까?

전 세계에서 가장 비싸다고 하는 약이 한 알당 2천만 원으로, 연간 치료 비용만 5억 5천만 원이나 든다.

나중에는 무려 한 병당 25억이라는 어마어마한 가격이 책정되는 약도 나온다.

그런 게 미국의 자본주의다. 인의는 없고 돈만 있는.

그런데 50종씩 진단하는 다섯 개를 파는 게 아니라, 굳이 무조건 250종이 진단되는 것을 완성해서 판다?

'말도 안 되지.'

미국의 성향을 잘 알고 있는 노형진으로서는 이해되지 않는 행동이다.

특히나 특허의 문제도 있다.

나중에 50종 검사 세트의 특허가 다했을 때 질병 하나만 더 추가해서 쉰한 개로 바꾸면 또 특허가 나오고 그 보호 기간이 새로 설정된다.

의료용품은 다른 물질에 비해 보호 기간이 짧다.

사람의 생명이 달려 있는 물건인 만큼, 자본 때문에 사람이 수십 년간 죽어 나가는 걸 막기 위해서다.

최소한의 이익은 지켜 주지만 영원한 권리는 주지 않기에, 의료계에서 종종 쓰는 방법 중 하나다.

당장 기존에 쓰던 약에 살짝 위장약 성분만 첨가해서 새로운 약으로 갱신하는 수법은 흔하다 못해 당연한 수준이 미국의 의료계다.

'그런데 250종을 한 번에?'

혁신이라는 이름하에 가려져 있지만, 자본주의 논리로 보면 그건 말도 안 되는 소리다.

"이러한 방법으로 우리의 미래를 증명하는 것도 나쁘지 않을 것 같네요. 우리가 원하면 어떤 병이든 미리 알고 치료할 수 있다, 얼마나 대단한 말입니까?"

빌리는 찬양을 이어 가고 있었지만 진 벨라의 귀에는 더 이상 그 말이 들어오지 않는 듯했다.

-그러면 그 실험 결과는 방송으로 공개하는 건가요?

"그게 확실하겠지요? 저희가 중개해서 하는 실험이니까요."

-혈액을 보내 주신다면 충분히 검토해 보겠습니다.

슬쩍 방법을 바꿔 보려고 하는 진 벨라.

하지만 이미 그럴 거라는 걸 노형진에게 들은 빌리는 속으로 더욱 주먹을 꽉 쥐었다.

-혈액을 가지고 가면 당연히 그 결과가 나옵니다. 이미

여러 종류의 진단 키트가 나와 있으니까요, 다만 그걸 묶어서 한꺼번에 하는 게 불가능할 뿐이지. 만일 진 벨라가 혈액을 요구한다면 사기가 맞습니다. 혈액을 이용하여 여러 검사를 해서 결과를 알려 준다는 소리니까요.

노형진이 했던 말이고, 그 때문에 빌리는 진 벨라가 혈액을 요구하는 순간부터 사기라는 확신을 가졌다.

"혈액을 보내는 건 의미가 없을 거라고 생각합니다. 아시다시피 에딕슨의 가장 큰 장점은 이동 중 변질 가능성이 있고 보관이 힘든 혈액을 사용하는 게 아니라, 소량의 혈액을 미리 판별한 검사지로 확실하게 확인하는 거니까요. 굳이 혈액을 보내면서 검사해야 한다면 차라리 근처 병원에서 하는 게 낫겠지요?"

쾌활하게 말하는 빌리의 목소리.

하지만 진 벨라에게는 지옥에서 올라온 악마의 목소리처럼 들렸다.

"다행히도 비할란병원은 전국에 있습니다. 확인해 보니 현재 세라녹스가 있는 워싱턴에도 있더군요. 그곳에서 검사를 진행한다면, 워싱턴에는 충분한 숫자의 환자들이 있으니…… 어?"

청산유수처럼 말을 이어 가던 빌리는 순간 당황했다.

오랜 시간 방송을 해 온 베테랑인 그였지만 당황할 수밖에 없었다.

갑자기 팍 하면서 화면이 꺼졌기 때문이다.

방금 전까지만 해도 나오던 진 벨라의 모습 대신 화면에 비치는 것은 그저 시커먼 어둠뿐이었다.

그러나 그는 프로였다.

"이런, 회선이 불안정한가 봅니다. 가끔 이러지요, 하하하! 한국에 갔을 때 보니까 거기는 인터넷 회선이 엄청 대단하더군요. 끊어질 일이 없더라고요. 빠르기도 얼마나 빠르던지, 하하하. 언젠가 미국도 그렇게 한국처럼 빨라졌으면 좋겠네요. 그럼 회선 재연결을 기다리는 동안 다음 초대 손님을 모시겠습니다. 요즘 핫한 모델이신……."

다급하게 슬쩍 넘어가는 빌리.

하지만 진 벨라와의 회선이 다시 연결되는 일은 없었다.

⚖️

－방송 중의 회선 연결은 사고에 의한 것입니다.

세라녹스의 공식적인 발표였다.

그러나 그 말을 믿는 사람은 없었다.

홍보는 홍보대로 하면서 정작 알맹이는 없었으니까.

더군다나 하필이면 인터넷 회선이 끊어진 시점이 예민한 문제, 즉 에딕슨의 성능 테스트 문제를 이야기할 때였고, 그에 대한 대답도 하지 않았기 때문이다.

물론 그렇게 사고로 끊어 버렸다고 해서 노형진이 포기할 사람은 아니었다.

당장 병원 측에서는 자신들의 요청은 여전히 유효하며, 그 실험에 드는 비용은 자신들이 모두 대겠다고 공식적으로 발표했다.

하지만 어째서인지 세라녹스는 그런 병원 측의 발표를 철저하게 무시하고 있었다.

"무시할 수밖에 없겠지."

노형진은 손채림에게 시큰둥하게 말했다.

그는 한국에 다시 돌아온 상태였다. 나머지는 모두 미국에서 알아서 할 수 있는 일이니까.

"가짜니까?"

"그래, 가짜니까."

검사하는 방법에는 문제가 없다.

에딕슨이 진짜라면 홍보하기 위한 절호의 기회라고 할 수 있다.

90% 이상 완성되었으니 결과적으로 얼마 후면 실용화될 테고, 그렇게 된다면 발매와 동시에 폭발적으로 판매될 테니까.

"그렇지만 진짜가 아니니까 그걸 증명할 수도 없고, 결국 거부할 수밖에 없어. 슬슬 투자자들도 이상하다고 느낄 테고."

지금까지 홍보를 하지 않은 것은 아니다.

적극적으로 홍보했기에 1조가 넘는 금액이 투자된 것이다.

그리고 지금 상황은, 누가 봐도 홍보하기에는 최적의 시기다.

그런데 홍보를 거부한다?

투자자들은 당연히 이상하게 생각할 수밖에 없다.

"그러면 그동안 나온 결과는 뭐야? 실제로 결과들이 있었잖아."

"나도 그 부분을 이상하게 생각했거든. 그런데 확인해 보니 피를 가지고 갔다고 하더라고."

"피?"

"그래. 일종의 속임수를 쓴 거지."

피만 있으면 실험은 할 수 있다.

그리고 그동안의 자료를 보면, 그들은 검사 테스트를 하기 위해 언제나 피를 받아 갔다.

"그리고 그 결과를 발표했지. 애초에 그게 비정상적인 건 아니었거든."

기밀인 물건을 들고 다니는 것보다는 피를 가지고 가는 게 훨씬 안전하니까.

"하지만 그런 식으로 피를 받아 가면 다른 검사에 얼마든지 쓸 수 있지. 그리고 이야기를 들어 보니 대상자들에게 신체의 이상 징후에 대한 문진도 받아 간 모양이야."

콧물이 나온다, 열이 난다, 몸살이 있다, 황달이 있다 등등 병을 예상하거나 특정할 수 있는 신체의 이상 징후를 받아서 피를 가지고 간다.

"그러면 답은 나오지."

그 피를 이용해서 특정 질병을 조사하고, 그 후에 그걸 에딕슨의 조사 결과로 발표한 것이다.

"그렇게 쉽게 된다고? 그렇게 뻔하게?"

"찬양이라는 것은 빛이야. 그리고 빛은 사람들의 눈을 멀게 하지. 그래서 보통 눈을 멀게 하는 대상은 태양 같은 존재라고 생각해. 하지만 섬광탄 또한 그렇거든."

투자자들은 IT의 신기술이라는 부분에 집착하느라 제대로 검증조차 하지 않았다.

다른 거라면 그렇게 쉽게 되지 않았을 것이다.

하지만 유독 이번 건은 그랬다.

"더군다나 진 벨라는 IT 계열에서는 무척이나 특수한 경우거든. 그래서 일종의 약자 우호, 그러니까 언더 도그마에 빠진 거지."

"특수한 경우? 이 경우가 어떻게 언더 도그마가 되는 거야? 애초에 진 벨라는 어마어마한 기업의 CEO 아니야?"

노형진은 고개를 흔들었다.

"전후가 바뀌었어. 원래 약자였다가 CEO가 된 거지."

모두가 기회를 잡는 미국이라 생각한다. 그래서 아메리칸 드림이라는 말이 있다.

하지만 현실은 언제나 잔혹한 법이다.

현실적으로 보면, 미국에서 기회를 잡고 성공하는 사람들에게는 특정 조건이 있다.

첫 번째, 유태인일 것.

미국을 꽉 잡고 있는 유태인의 돈은 기업 내에서 유태인에게 확실하게 도움을 준다.

심지어 기업 내 유태인이 부당 행동을 해도 자르지 못하는 기업도 있다.

두 번째, 남자일 것.

미국이 아무리 평등한 나라라고 해도, 알게 모르게 남성적인 부분이 없는 것이 아니다.

미국뿐만 아니라 대부분의 나라가 여러 가지 이유로 남성에게 유리한 것은 사실이다.

당장 여성에게는 출산 같은 문제도 있으니까.

세 번째, 부모가 돈이 많을 것.

네 번째, 백인일 것.

그나마 이 부분은 과거보다 훨씬 약해져서, 아시아계의 전문 경영인들이 많이 생기고 있기는 하다.

아시아 계통의 학구열이 워낙 높다 보니 능력이 높아진 덕분이다.

"하지만 진 벨라는 그런 게 아니거든. 비유태인, 여성, 한국으로 치면 평범한 중산층 출신, 그리고 요즘 두각을 나타내는 아시아계도 아니고 말이지, 사회를 이끄는, 소위 말하는 지도자 계층과는 거리가 있는 사람이지."

그렇다 보니 약자가 성공하기를 바라는 사람들의 감정이
그대로 그녀에게 투영된 것이다.

"아마 그녀가 저런 지배 계층의 특징을 가지고 있었다면
일이 이 지경이 되지는 않았을걸."

"강자 혐오다 이거구나."

정상적이라면 작동했어야 하는 감시 시스템이, 상대방이
약자라는 이유로 작동하지 않은 것이다.

그를 공격하면 약자 혐오, 여성 혐오 등등에 걸린다는 이
유로 말이다.

"맞아. 일종의 PC, 즉 정치적 올바름에 걸린 거지."

약자를 혐오하고 공격하지 않겠다는 마음에 감시 시스템이
멈춰 버렸고, 그 틈을 이용해서 진 벨라는 사기를 친 것이다.

"어이없네. 정치적 올바름이라는 게 그 정도로 힘이 강한
거야?"

"일종의 종교처럼 작동하는 거야. 극단주의는 나는 남과
다르다, 남보다 우월하다, 그런 마인드에서 시작되지. 무슨
뜻인지 알겠지?"

"아, 그런 놈들 천지라는 거구나."

"맞아."

IT에서 성공한 사람들.

현대의 자수성가한 부자들은 대부분이 IT 계열이다.

성공해서 자신들이 남과 다르고 더 우월하다고 생각하는 찰나에, 정치적 올바름 프레임에 빠진다.

그리고 그걸 신봉하며 남보다 우월함을 뽐낸다.

"그런데 그 피해는 그가 아니라 남이 보지."

물론 자기 투자금이 날아가는 거니 본인도 피해는 보게 된다.

하지만 그 아래에서 일하는 사람들은 그게 생계다.

생존이 걸려 있는 일인 것이다.

투자자들은 계란은 한 바구니에 담지 않는다는 철칙을 지킨다.

그러나 평범하게 일하는 사람들에게는 다른 바구니 자체가 없다.

"진 벨라는 그런 정치적 올바름의 지원을 받고 사기를 친거야."

"그걸로 사기를 치다니……."

"그걸로 사기를 치는 놈들은 많아. 애초에 내가 자선단체를 만든 이유가 뭔데? 기존에 있던 단체들 역시 어떻게 보면 다 사기야."

100만 원을 받으면 80만 원을 자기들이 먹고 20만 원만 자선 활동에 쓰던 기존의 단체들.

그것에 질려서 노형진은 세계복지재단을 만들었고, 그곳을 통해 자선 활동을 했다.

"어찌 되었건 이제 진 벨라 그 여자도 끝이겠네."

"슬슬 그런 이야기가 나오겠지. 아무리 정치적 올바름으로 보호를 받는다고 해도, 물건을 팔려면 검증을 해야 하니까."

성능이 검증되어야 물건을 제대로 팔 수가 있다.

그리고 이제는 그럴 시점이 되었다.

"아마 검증은 못 하겠지만."

⚖

세라녹스는 발칵 뒤집어졌다.

투자자들과 그 대리인들이 우르르 몰려온 것이다.

"그 조사 내용을 공개하세요!"

"실물을 공개하고 공개 테스트를 해 주세요!"

"공개 테스트가 필요한 시점입니다!"

지금까지 이루어진 테스트는 모두 비공개였다.

그러니 이제야말로 공개 테스트를 하자는 거다.

하지만 진 벨라는 그러한 요구에 어떠한 응답도 하지 않았다.

"이거 뭐야? 사기야?"

당연히 사람들은 아차 싶었다.

사기를 당하는 사람이 어느 순간 아차 하면서 빠져나오는 경우가 있다.

그게 바로 지금이었다.

정상적이라면 문제가 없을 공개 테스트.

물론 90% 완성이 아니라 50%만 완성했다고 해도, 욕은 먹을지언정 상품화는 가능하다.

그것만 해도 125종이니까.

그런데 그마저도 안 하려고 하는 상황이라면…….

"진짜 사기 같은데?"

"씨발, 이거 뭐야!"

다들 난리가 났다.

지금까지의 모든 것들이 와르르 무너지고 있었다.

"당장 사장더러 나오라고 해!"

"이거 뭐 하자는 거야!"

처음에는 좋게 이야기하던 사람들도 나중에는 격해질 수밖에 없었다.

그리고 그 와중에 진짜 핵폭탄이 터졌다.

"뭐? 고작 16종?"

갑자기 소리를 지르는 누군가.

그리고 모두에게서 쏠리는 시선.

"무슨 소리입니까? 고작 16종이라니!"

"지…… 지금 마이스터에서 자료가 나왔답니다."

"마이스터!"

미다스의 기업. 그리고 자료.

정보력에 관해서는 누구보다 강한 곳, 그곳에서 나온 자료라니?

"무슨 자료요?"

"자료라니? 아니, 무슨 소리입니까?"

"내부 고발자를 통해 나온 자료라는데, 에딕슨이 진단할 수 있는 질병이 고작 16종뿐이랍니다."

그리고 흐르는 침묵.

고작 16종의 질병.

이건 기준치와 너무 다르다.

물론 기존에 있던 질병 키트보다 나은 수준이기는 하다.

하지만 이 정도면 그저 아주 미세하게 나은 수준일 뿐이었다.

"16종이라고요?"

"네. 그것도 세균성 질병에 한해서만 그렇다고…….."

사실상 그러면 의미가 없다.

세균성 질병은 무척이나 티가 확 나는 편이고, 그런 질병의 경우는 상대적으로 항생제에 약하기 때문에 쉽게 치료된다.

그러니 세균성 질병의 경우에는 그냥 병원을 가지, 굳이 따로 에딕슨을 사서 검사하고 진단받기 위해 세라녹스에 보내지는 않을 게 뻔하다.

즉, 상업적으로 가치가 없다는 소리다.

"농담……이지요……?"

누군가가 떨리는 목소리로 말했다.

자신의 모든 재산을 꼬라박은 남자였다.

"이 정보의 근원지가 미다스입니다."

미다스, 정보력에 관해서는 톱인 남자.

그가 이런 소식을 그냥 흘릴 리가 없다.

"이럴 수는 없어……."

절망이 흐르고, 사람들에게서 분노가 터져 나왔다.

"야! 사장 끌어내!"

"사장 끌고 나와!"

"경찰 불러!"

⚖️

"세라녹스가 사기라고?"

신동성은 손이 바들바들 떨렸다.

자신이 가진, 아니 대동의 여유 자금을 몽땅 거기에 집어넣었다.

그런데 그게 사기란다.

"무슨 소리야? 사기일 리가 없잖아! 거긴 미다스가 관심을 보이는 곳이라고. 미다스가 사기를 칠 리가 없잖아!"

"회장님! 이미 그 미다스 측에서 정보가 나왔습니다! 고작 16종이랍니다! 고작 16종요! 그것도 현장에서 결과가 나오는 게 아니고, 연구실에서 분석해서요!"

"장난하지 마. 미다스가 그걸 구해 오라고 했는데……."

"아닙니다! 뭔가 잘못되었습니다! 미다스, 아니 마이스터

쪽에서 확인해 줬습니다! 16종만 진단 가능하다고요!"

그건 틀릴 리가 없는 숫자다.

노형진이 회귀 전에 알고 있던 사건이니까.

그리고 그날로 세라녹스의 주식의 가치는 0원으로 떨어졌었다.

마치 오늘처럼.

"아니야……. 그럴 수는 없어. 그럴 리가 없어!"

신동성은 현실을 부정하기 위해 몸부림을 쳤다.

물론 2천억이 날아갔다고 해서 대동이 망하지는 않는다.

여유 자금이라는 것은, 당장 필요하지는 않은 자금이라는 뜻이니까.

문제는 내부의 적이다.

그렇잖아도 다시 일본으로 돌아온 신동하가 그를 도발하고 있는 상황이다.

살아남은 신동우의 세력은 신동하에게 붙어서 생존을 도모하고 있고 말이다.

그들은 힘을 합쳐서 신동성을 쳐 내기 위해 노력하고 있다.

그런 상황에서 이번 실패는 그들의 공격의 이유가 된다.

야베를 선택한 후에, 물러나라는 압력을 지속적으로 받고 있는 신동성으로서는 이번 일이 자신의 입지를 굳힐 절호의 기회였다.

띠리링.

그 순간 울리는 전화기.

"뭐야!"

-두한그룹의 이문소 사장님이십니다.

"젠장, 연결해!"

그리고 전화기 너머에서 들리는 목소리.

-너 미다스와 연결되나?

"뭐?"

-미다스 그놈 말이다! 그놈이랑 연결되느냐고!

"그건…… 안 해 봤다. 설마……?"

-연결이 안 된다. 이놈, 도망친 거야!

"그놈이 왜?"

발끈하는 이문소에게 도리어 되묻는 신동성.

-당연한 거 아니야! 그놈이 발표했다는 건, 그놈은 사전에 알고 있었다는 소리 아니야! 그런데 왜 우리한테 그걸 사라고 했겠어!

"설마 우리를 속였다는 건가?"

-당장 그놈을 잡아야 해! 죽여 버리겠어!

"미다스!"

두 사람의 분노는 하늘을 찔렀다.

하지만 그들의 소원은 이루어지지 않았다.

"뭐? 미다스가 아니야?"

"그렇습니다. 작은 투자회사를 하고 있기는 하지만."

전화번호가 있기에 그를 추적하는 건 어렵지 않았다.

애초에 예약한 것도 본인의 실명으로 한 것이었고.

"그는 미다스가 아닙니다."

"무슨…… 말도 안 되는 소리를……. 그놈을 소개해 준 건 손채림이야! 미다스의 최측근!"

"그 부분에 대해 확인해 봤는데……."

법무 팀은 진땀을 흘리며 말했다.

이문소의 명령에 따라 공격할 모든 방법을 찾으려고 했다.

그런데 그 방법이라는 게 전혀 없었다.

"손채림 측은 이미 경고를 했었다고 하더군요."

"경고?"

"그렇습니다. 녹음 파일도 있습니다. 분석 결과 조작된 파일도 아니고요."

실제로 그랬다.

손채림은 그가 미다스가 아니며, 믿을 수 없는 사람인 만큼 조심하라고 경고까지 해 줬다.

이문소는 휘청거렸다.

세상이 빙빙 도는 느낌이었다.

"그 말은, 우리가 마음대로 착각한 거다?"

"그렇습니다."

생각해 보니 그 미다스—이문소와 신동성이 일방적으로 그렇게 생각했을 뿐이지만—를 만난 그때, 그는 자신은 미다스가 아니며 미다스라고 부르지도 말라고 했다.

즉, 자신의 존재에 대해 거짓말한 적이 없었다.

"이런 말도 안 되는……."

이문소는 말문이 막혔다.

자신들이 속았다고 생각했다.

그런데 모든 게 다 거짓이었다.

"소송 가능성은?"

"없습니다."

사라고 권하기는 했지만 강제한 것도 아니었다.

타칭 미다스와, 이문소와 신동성.

둘 중에 더 우세한 세력은 이문소와 신동성이었다.

즉, 자리를 이용해서 압력을 행사했다고 볼 수도 없다.

그는 자신이 미다스가 아니라고 못을 박았으니 이문소와 신동성을 속인 것도 아니다.

"망할 놈!"

이문소는 이를 박박 갈았다.

"문소야."

"아……버지."

그런데 그때 마침 자신의 사무실로 들어오는 이상주.

그런 이상주를 보면서 이문소는 불안감이 들었다.

아무리 아버지라고 하지만 두한의 회장이다.

즉, 무슨 일이 있으면 자신을 부르지 직접 오지는 않는다.

"나가 봐."

"네, 회장님."

고개를 숙이고 나가는 법무 팀장.

그 모습을 보자 이문소는 가슴 깊은 곳에서부터 공포가 치밀어 올랐다.

"문소야."

"아버지, 제발……."

하지만 이상주는 어느 때보다 차가웠다.

"이번에는 네가 책임지고 물러나야겠다."

"아버지!"

"이제는 누군가 책임을 져야 해. 그렇잖아도 지난번 사태도 간신히 벗어난 상황이다."

지난번 사태, 즉 방사능 오염 재료 사용 사건도 아래쪽에 뒤집어씌워서 자신들의 자리를 지켰다.

그 불만으로 가득한 게 현재 주주총회다.

"누군가 책임지지 않으면 내 자리도 유지하지 못한다."

"하, 하지만…… 아버지, 그러면……."

말을 하려던 이문소는 입을 다물었다.

아버지 이상주의 눈빛에서 서슬 퍼런 분노를 느꼈기 때문
이다.

이문소가 하고 싶었던 말은, 그러면 아버지가 물러나고 자
신이 회장으로 올라가면 되지 않겠느냐는 것이었다.

하지만 세상의 말처럼, 권력은 자식과도 나누지 않는 것이
다.

이문소는 그 사실을 깨닫고 입을 다문 것이다.

"내가 살아남아야 한다. 그래야 너도 나중에 다시 돌아오
지 않겠느냐?"

다시 따뜻한 목소리로 말하는 이상주.

그것도 틀린 말은 아니었다.

한국 사회에서 대기업 오너의 힘은 절대적이다.

지금 상황이 정리되면 이문소가 다시 원래 자리로 돌아오
는 것도 그다지 어려운 일은 아니었다.

단, 이상주가 자기 자리를 지킨다는 가정하에 말이다.

"네, 아버지."

고개를 푹 숙이는 이문소.

더 이상 방법이 없다는 걸 인정한 것이다.

누군가는 책임을 져야 하고, 그 책임을 지는 데 자신보다
적당한 사람은 없었다.

"그리고 가기 전에 그 쓰레기는 처리하고."

쓰레기, 즉 세라녹스와 같이 산 스페이스 라이프의 주식을

뜻한다.

물론 그 양이 세라녹스에 비해 적은 것은 사실이나 아직 드러난 것도 없고 결과도 없다.

그러나 자신들을 속인 것으로 추정되는 그 남자의 권유 사항이다.

그런 만큼 그걸 쥐고 있다가 폭락하거나 이번처럼 휴지 조각이 된다면 그 피해 역시 자신들이 책임져야 했다.

"네, 아버님."

이문소는 그저 고개를 숙인 채로 대답할 뿐이었다.

⚖

"싸게 사서 좋기는 한데."

노형진은 예상대로 대동과 두한에서 스페이스 라이프의 주식을 헐값에 내놓자 아주 싼 가격에 구입했다.

다행히 IT 계열의 삽질, 즉 세라녹스 사태로 투자가 완전히 굳어 버리면서 누구도 스페이스 라이프같이 불확실한 주식을 사려고 하는 사람은 없었기에 아주 싼 값에 구입하는 것은 어렵지 않았다.

"뭐, 나중에 성공하면 좋고."

노형진이 기억하기로는 스페이스 라이프는 그래도 어느 정도 궤도에는 올랐었다.

이것이법이다

나중에 성공하는지까지는 모르지만.

"그래도 완전히 성공한 건 아니네."

"그러게."

손채림의 말에 노형진은 어깨를 으쓱했다.

원래대로라면 신동성이 날아갔어야 했다.

그런데 의외로 신동성은 잘 버티고 있고, 뜬금없이 이문소가 날아가 버렸다.

"뭐, 그렇다고 해도 오래는 못 버티겠지만."

"신동하가 제대로 공격을 시작했다면서?"

"그럴 계획이었으니까."

현재 대동은 말 그대로 위기다.

일본 경제에 기반해서 강력한 힘을 발휘하던 대동은 야베를 선택함으로써 신동성이 후계 경쟁에서 승리하는 듯했지만, 이제는 아니다.

"소송에 들어갔으니까."

지금까지는 신동성과 신동우 그리고 신동하의 싸움이었다.

그러나 이제 신동성과 신동하만이 남았다.

"그리고 신동우의 주식. 그게 어디로 가느냐에 따라 결판이 날 거야."

"법원에서 그걸 판단해 달라고 한 거고?"

"맞아."

신동하는 그 주식의 대리인을 지정해 달라고 했다.

통상 가족인 신동성 아니면 신동하 둘 중 하나가 대리인이
되어야 한다.

"그리고 그게 나한테 의뢰로 들어온 거고."

만일 신동우의 주식의 대리인이 신동하가 된다면 신동성
을 몰아내는 건 어려운 일이 아니다.

반대로 신동성이 이긴다면 신동하 역시 쫓겨날 것이다.

"가능하겠어?"

"가능하게 해야지."

노형진은 서류를 보면서 말했다.

"싸움을 너무 오래 끌었어. 이 싸움을 이제 끝내야지."

노형진은 주먹을 꽉 쥐면서 말했다.

피보다 진한 그것

　"우리가 이기는 방법은 신동성이 야베를 통해 신동우를 재기 불능으로 만들었다는 걸 증명하는 거겠지요."

　신동하는 자신의 앞에 있는 신동우를 보면서 착잡하게 말했다.

　일본의 정신병원. 그곳에 신동우가 있었다.

　대동의 절반을 지배하던 남자.

　그리고 한국을 공격하던 경제계의 거물.

　그의 말로는 실로 초라했다.

　"살려 주세요. 그만, 그만……."

　방구석에 구겨져서 머리를 부여잡고 부들부들 떠는 모습은, 아무리 봐도 정상이 아니었다.

"도대체 무슨 일을 당한 걸까요?"

"모르지요. 하지만 신체에 흔적도 남기지 않고 고문하는 방법은 많습니다."

아무것도 없는 백색의 방에 가두어 둔다거나 이상한 소리를 틀어 준다거나 하는 식으로, 고대부터 사람의 정신을 망가트리는 방법은 많았다.

하물며 신동우 같은 재벌은, 평생을 남들의 우러러보는 눈길 속에 살았고 그런 고통에 저항하는 법 따위는 몰랐으니 미쳐도 이상하지는 않을 것이다.

"신동성은 어떻습니까? 지난번 사건 이후에 상당히 다급해진 것 같던데."

"신동성은 지금 모든 사람들을 정리하고 있습니다."

좋게 말하면 자기 사람으로 채우는 것이고, 대놓고 말하자면 자신을 위협할 수 있는 사람들을 제거하기 위해 발악하는 중이었다.

"그런다고 해서 해결될 문제가 아닐 텐데."

오너를 자를 수 있는 건 직원이 아니라 주주들이다.

직원들을 아무리 잘라 봐야 바뀌는 건 없다.

"내부에서 주주들에게 말할 수 있는 사람들을 정리하겠다, 뭐 그런 계획인 것 같습니다."

신동하는 진지한 표정으로 말했다.

물론 그런다고 해서 어마어마한 손실이 사라지는 건 아니다. 하지만…….

"일단 중요한 건, 지금 상황에서는 신동우의 주식이니까요."

신동하의 말에 노형진은 고개를 끄덕거렸다.

신동우의 주식은 현재 대리인이 없는 상황이다.

당연히 대리인을 구해야 한다.

"이런 상황에서 재판부에서 선택할 수 있는 건 세 가지로 군요."

첫 번째, 신동하를 선택한다.

이게 노형진의 입장에서는 최선이다.

두 번째, 신동성을 선택한다.

그리되면 또다시 길고 긴 싸움을 해야 한다.

더군다나 그때는 신동성이 너무 유리해져서, 이길 수 있을지도 알 수가 없다.

"그리고 세 번째, 제3의 인물을 선택한다."

제3의 인물이 공정하게 집행하는 것, 그게 어떻게 보면 법리적으로는 맞다.

"또한 현실적으로도 그럴 가능성이 제일 높습니다."

그러나 일단 제3의 인물이 대리한다고 결론이 나도, 그 제3의 인물이 도대체 누가 되어야 하느냐는 문제가 생긴다.

다른 곳도 아닌 대동의 주식이다.

누가 쥐게 되든 막대한 이득을 낼 수 있다.

"일본 재판부가 미스터 노와 같은 선택을 한다는 건가요?"

노형진의 말에 신동하는 고개를 갸웃했다.

노형진은 대동의 내전이 오래가기를 원했기에 신동하를 선택했다.

하지만 일본의 재판부는 그럴 이유가 없다.

"그렇습니다. 현실적으로 본다면, 그 주식의 대리인을 제3자가 하게 될 경우 신동성과 신동하 씨의 싸움을 계속 끌고 가게 할 겁니다."

"어째서요? 주식을 대리하여 관리한다고 해서 그들에게 수익이 가는 건 아닌데요."

"하지만 뇌물이 들어가겠지요."

"아……."

만일 제3자가 주식을 관리하게 된다면 당연히 그를 포섭하기 위해 신동성이 움직일 것이다.

그리고 그가 움직이면 신동하 역시 움직일 수밖에 없다.

"아! 그렇겠네요."

"정권이 바뀐다고 해서 시스템이 바뀌는 건 아니니까요."

야베와 그 일파는 다 잡혀갔다.

하지만 그들을 밀어주던 판검사들은 여전히 남아 있다.

그리고 정치인들도.

"야베파야 몰락했다지만, 다른 파벌은 살아남았지요."

그리고 파벌이 다르다고 해서 그들이 깨끗한 것도 아니다.

"어찌 되었건 대동이니까."

부자는 망해도 삼대를 간다.

아무리 그래도 대동이고, 그 권력을 쥐기 위해 수십억 정도는 기꺼이 내놓을 사람들로 가득하다.

"아마도 이미 법원에 로비가 들어갔을 겁니다."

제3자에게 맡기고 그 제3자를 법원에서 결정한다.

"그리고 그게 외부에는 어찌 되었건 아주 당연하게 보인단 말이지요."

아무리 변명한다고 해도, 신동성과 신동하 둘 모두 신동우와 싸웠던 사람들이다.

그걸 부정할 수는 없으니 정치적인 부분에서도 그건 합리적인 선택이다.

"신동성만 적일 거라 생각했는데."

신동하는 눈을 찌푸리며 말했다.

신동성만 잡으면 모든 게 끝이라고 생각했다. 그런데 생각지도 못한 적이 튀어나와 버렸다.

"원래 법이란 게 그런 거죠."

노형진은 어깨를 으쓱하며 말했다.

"일단은 조사를 좀 해 봐야겠습니다. 현 상황에서는 신동성도 로비를 할 테고 그 제3자도 로비를 할 겁니다."

"그러면 우리도 로비를 해야 하나요?"

노형진은 고개를 흔들었다.

물론 그래도 되기는 한다. 하지만 이건 로비로 덮을 수 있는 문제가 아니다.

"여전히 세력은 신동성이 더 강합니다. 그리고 그 제3자가 누구인지도 모르는 상황이니 우리의 로비 능력이 부족할지도 모른다는 점도 감안해야 합니다."

"으음……."

실제로 노형진은 로비에 관해서는 그다지 힘이 있는 편은 아니었다. 여차하면 힘으로 찍어 누르면 그만이니까.

하지만 여기는 일본.

힘으로 찍어 누르기에는 세력도 약하고, 자신이 해 줄 수 있는 것도 별로 없다.

"그러니 반대로 가야 합니다."

"반대?"

"모두를 공격하는 거죠. 그리고 로비는 다른 제3자에게 합니다."

"그게 무슨 말씀입니까? 제3자라니요?"

"걱정하지 마세요. 제가 알아서 할 테니까요."

노형진은 자신 있게 말했다.

⚖

첫 번째 표적. 그건 다름 아닌 신동성이었다.

신동성이 가장 큰 적인 만큼 그의 문제에 대해 확인해야 했다.

"신동성이 로비하는 건, 뭐 확인할 필요조차도 없는 일일 테고요."

이번 레이스에서 신동성을 떨어트릴 수 있는 가장 확실한 방법은 뭘까?

그건 다름 아닌 그의 청탁을 밝혀내는 것이다.

"신동성이 신동우의 고문을 청탁했다는 증거를 찾아내는 것이 가장 확실한 방법이지요."

아무리 법원이 미쳤다고 해도, 고문을 사주한 사람에게 대리인을 맡길 리는 없다.

"하지만 그런 증거가 있을 리가요."

신동우가 잡혀간 것은 공식적으로 한국에 국가 기밀을 넘겨준 스파이 혐의였다.

물론 그건 가짜 혐의였고, 그 대가로 그는 미쳐 버렸다.

그를 재기하지 못하게 하는 것. 그게 바로 신동성의 요구 사항이었을 테니까.

"이런 건 뭐 증거가 있을 리 없을 텐데요."

"아마도 그럴 겁니다."

신동하의 의견에 노형진은 수긍했다.

신동성이 바보도 아니고, 자신의 형을 고문하여 미치게 해 달라는 내용의 계약서를 쓰지는 않았을 것이다.

야베가 그런 증거를 흘릴 만큼 만만한 자도 아닐 테고.

"하지만 중요한 건 그게 아니죠. 어차피 이번 문제로 인해 죽을 사람은 여럿입니다."

노형진은 차분하게 말했다.

그리고 옆에 있는 간호사를 돌아보았다.

"문 열어 주세요."

폐쇄 정신 병동. 그곳은 모든 문이 잠겨 있었다.

특히 신동우처럼 완전히 미쳐 버린 사람이라면 더더욱 위험하니까.

"알겠습니다."

노형진의 말에 문을 열어 주는 간호사.

그 방으로 들어가면서 노형진은 신동하에게 말했다.

"어차피 야베는 몰락했습니다. 그리고 신동우를 고문한 자는, 야베의 몰락 이후에 자신을 감추고 싶었겠지요."

야베가 신동우를 직접 고문했을 리는 없다.

즉, 누군가를 시켜서 고문했을 것이다.

"그 고문 기술자를 찾으면 됩니다."

안으로 완전히 들어간 노형진.

그런 노형진의 뒤를 신동하가 따라 들어오면서 걱정스럽게 물었다.

"신동우가 뭘 말해 줄 상황은 아닌 것 같은데요?"

"으아아아! 제발, 제발 살려 주세요! 아니, 죽여 주세요! 죽여 주세요!"

두 사람이 들어오자 더더욱 구석으로 숨어서 벌벌 떠는 신동우. 과거의 모습과 비교하면 비참하기 그지없었다.

"프로그래머에게는 일종의 사인이 있지요. 그리고 고문 기술자에게도 그런 게 있습니다."

"네?"

"흔적을 살핀다면 충분히 추적이 가능합니다. 현대의 일본에 고문 기술자가 있어 봐야 몇 명이나 있겠습니까?"

"그거야 그렇습니다만…… 흔적이랄 게 있을지……."

'있겠냐?'

애초에 신동우는 몸에 상처 하나 없다.

고문을 한 게 누구든, 효과적으로 고문하는 법을 안다는 거다.

그리고 그 과정에서 흔적도 남기지 않았다는 것은, 현실적으로 추적이 불가능하다는 소리이기도 하다.

'하지만 나한테는 안 되지.'

고문 기술자의 흔적을 찾아 그걸 분석해서 사람을 특정한다? 말도 안 되는 소리다.

애초에 고문 기술자가 누가 있는지도 모르니까.

하지만 노형진은 자신의 능력을 믿고 있었다.

'사이코메트리.'

바로 신동우의 기억을 읽는 것이다.

미쳤다고 해서 기억까지 사라지는 것은 아니다.

오히려 끊임없이 그의 머릿속을 자극한다. 바로 그게 사람을 미치게 하는 거다.

역시나 신동우의 머릿속에서 끝없이 재생되는 기억.

보이는 건 오직 어둠뿐이었다.

'두려움 그리고 공포. 갑갑하군.'

몸을 움직이고 싶다. 그런데 움직일 수가 없다.

어둠 속.

'아, 눈이 가려졌군.'

사지가 결박당하고 눈은 가려져 있다.

느껴지는 것은 단 하나.

찰싹. 이마로 떨어지는 차가운 물방울 하나.

"으아아아!"

계속되는 공포.

거기에 괴상한 고문. 그리고 강렬하게 느껴지는 고통.

전기가 발바닥에서부터 퍼져 나가 결국 온몸이 파들파들 떨리게 한다.

'다행이네. 고통은 안 느껴지는 거라서.'

물론 죽음의 순간 같으면 거기에 매몰되는 경우도 있지만, 고통 자체는 없었다.

죽음의 순간은 고통이라기보다는 일종의 블랙홀 같은 느낌이었다.

모든 걸 빨아들이는 블랙홀 말이다.

'질문도 없었어.'

신동우의 기억에 따르면 질문도 없었고 대화도 없었다.

갑자기 끌려와서 갑자기 여기에 갇혔고 그리고 고문이 시작되었다.

'애초에 미치게 만드는 게 목적이었던 모양이군.'

그래야 신동성이 대동이라는 권력을 잡고 대동의 돈을 야베에게 줄 수 있었을 테니까.

'좀 더 과거로 가야겠어.'

밥도 주지 않는다.

느껴지는 것은 어둠 속에서 한 방울씩 이마로 떨어지는 물방울과, 기습적으로 들어오는 전기 고문뿐이다.

'누군지 모르지만 고문에 대해 잘 알아.'

이건 과거 중국에서 쓰던 방법이다.

사람의 정신을 무너트리는 고문.

고작 물방울이지만 사람인 이상 그것에 신경이 쓰이는 건 당연한 거고, 이렇게 포박당한 상황이라면 당연히 신경이 곤두서게 된다.

그 와중에 갑자기 기습적으로 고통이 느껴지면 두려움은 더 커진다.

쉽게 말해서 저 물방울은 정신을 또렷하게 하면서 감각을 무너트리는 역할을 한다.

그리고 그 때문에 기습적으로 고문이 들어오면 그 고통을 가감 없이 다 느끼게 되는 것이다.

실제로 미국의 모 방송 프로에서 실험했을 때, 고문 없이 물방울만 떨어트렸는데도 자원한 피실험자는 10분을 못 버텼다.

'이런 식으로 고문하면 사람이 미치지 않을 리가 없지.'

노형진은 그 순간을 읽는 걸 포기하고 더 과거로 갔다.

그가 실종된 것으로 보이는 날이었다.

그는 퇴근을 하고 집에 있었다.

그리고 평소처럼 와인 냉장고에서 와인을 꺼내어 마시면서 저녁을 보내고 있었다.

그런데 갑자기 머리에 뭔가가 뒤집어씌워지면서 어둠이 찾아왔다.

아무것도 들리지 않고 아무것도 보이지 않았다.

'너무 많이 뒤로 왔네.'

좀 더 앞으로 가자 다시 몸이 고정되어 있는 느낌이 든다.

그러나 다른 게 있었다.

목소리.

"또 다른 손님이네. 요청은?"

"똑같지, 뭐."

"알았어. 알아서 처리하지."

어둠 속에서 들리는 남자들의 목소리. 그리고 흔들리는 신동우의 몸.

두건이 벗겨졌다.

그리고 쏟아지는 강렬한 빛에, 신동우는 눈을 감았다.

그와 동시에 다른 안대가 씌워졌다.

'이런.'

상대방은 누군지 모르겠지만 전문가였다.

자신의 얼굴을 확인할 수 없도록 그렇게 한 것이다.

그리고 한 방울씩 떨어지는 물.

팔로는 바늘이 늘어오는 게 느껴진다.

아마도 굶어 죽는 것을 막기 위한 일종의 영양 주사일 것이다.

'생각해 보니 아까 전에도 배고픔은 없었어.'

"노 변호사님?"

그 순간 누군가가 노형진을 흔들었다.

노형진은 고개를 저으며 정신을 차렸다.

필요한 정보는 이미 다 얻었다.

"뭐 하세요?"

"아니요, 뭐 좀 생각하느라고요."

"그래서 뭘 좀 찾으셨나요?"

"아무것도 없네요."

"역시나 그렇군요."

"역시나는 아니죠."

노형진은 어깨를 으쓱하면서 신동우에게서 몸을 떼고 일어났다.

"흔적이 없다는 것이 증거가 될 수도 있거든요, 후후후."

신동우의 기억 속에서 남자는 분명 그랬다.

"또 다른 손님이네."

그 말은, 똑같이 당한 사람이 또 있다는 것이다.

사람을 고문하거나 정보를 캐내는 것이 아닌, 사람을 미치게 만드는 것. 그게 바로 그들의 목적이었다.

'그리고 내 조사에 따르면……'

그렇잖아도 야베에 관해서는 온갖 말이 많았다.

특히나 야베에게 대적하는 사람들의 경우에는 더더욱 그랬다.

대놓고 말하자면, 야베에게 불리한 정보를 가지고 있거나 그에 대해 조사하거나 하던 사람들 중에 이상하게 문제가 생긴 이들이 많았다.

실종자들도 있지만 보통은…….

'자살 아니면 정신이상으로 끝장났지.'

그러면 답이 나온다.

미쳐 버릴 정도의 고문.

그 고문을 당하면 사람들은 둘 중 하나를 강요당한다.

자살하든가, 진짜로 미치든가.

고문이 흔적을 남기지 않는 방식이기에, 이를 증명할 수도 없다.

결과적으로 야베의 주변에서는 끊임없이 실종과 자살과 정신이상이 발생했다.

'그런데 그게 우연이 아니었단 말이지?'

야베의 적이 미쳐 버릴 때마다 사람들은 그냥 미친놈이 멀쩡한 총리를 공격한 거라 생각했다.

그러나 현실을 보면 좀 달랐다.

'이런 식으로 고문하면, 미치지 않는 게 이상한 거지.'

고발자를 미치게 만들어서 그의 고발 내용을 의미가 없도록 만드는 것.

그게 바로 야베가 많이 쓰던 방법이었던 것이다.

생각하면 할수록 노형진은 기가 막혔다.

'허, 내가 이걸 이제야 알았나? 하긴 이걸 옛날에 내가 알았다면 그게 이상한 거지.'

그저 우연히 벌어지는 일처럼 보인다.

야베가 관련되는 것도 없다. 신체적 흔적도 없다.

'이러니 야베한테 저항을 못 하지.'

죄다 의문사 아니면 자살 아니면 정신이상.

그런 식으로 적들이 하나씩 사라지는데 누가 야베에게 계속 저항할 수 있었겠는가?

'일단 그놈을 잡는 게 우선이겠군.'

야베를 통해 신동우를 미치게 만든 놈은 분명 신동성이다.

그리고 그걸 증명할 수 있다면, 신동하는 재판에서 유리한 자리를 차지하게 된다.

'그러면 남은 방법을 찾아야 하는데…….'

방법은 대충 알았다.

문제는 그를 특정할 방법이 없다는 거다.

모습은 보이지 않고 잠깐의 목소리가 끝이다.

그리고 신동우가 미치는 그 순간까지 묶어 뒀다.

'신동우에게서 알아낼 수 있는 건 더 이상 없어. 사망자들은 이제 와서 추적하는 게 불가능하지. 그렇다면 남은 건 살아남은 사람들이지만, 미쳐 버린 사람들의 기억은 전부 비슷하겠지.'

신동우와 같은 기억이라면, 누구도 언제 어디서 잡혀갔는지 알 수 없을 것이다.

안다고 해서 저항할 수 있는 것도 아니었을 테고.

'하지만 그 장소는 다르지.'

신동우가 납치된 장소, 즉 신동우의 집이었다.

다행히 그의 집은 기업에서 제공하는 일종의 관사 개념이
었기에, 신동하가 주주로서 그 키를 얻어 내어 방문하는 데
에는 아무런 문제도 없었다.

함께 집 안 곳곳을 살피던 신동하가 물었다.

"CCTV는 확인해 보지 않으셔도 됩니까?"

"할 필요가 있을까요? 애초에 아무것도 없을 겁니다. 만일
뭐라도 있었다면 경찰에서 이야기가 나왔겠지요."

하지만 경찰에서는 그런 이야기가 없었다.

그 말은, CCTV에도 아무것도 없었다는 거다.

"아마도 납치범들이 그걸 컨트롤했을 겁니다."

그렇게 함으로써 추적을 따돌리고 신동우를 잡아가는 데
성공했을 것이다.

"그러면 어떻게 잡으시려고요?"

"신동우는 잡혀갔지요. 사건 기록에 의하면, 바로 이 집에
서요."

당연히 증거는 없다.

하지만 노형진은 그날 신동우의 동선을 봤다.

그래 봤자 집에서 왔다 갔다 한 것뿐이지만, 그것만으로도
충분했다.

신동우가 집에서 어떤 동선으로 움직였는지 봤고, 그래서
어느 곳을 가지 않았는지도 알 수 있었다.

신동우가 공격당할 때 그는 뒤에서 두건이 뒤집어씌워졌다.

그렇다면 답은 하나다.

미리 집에 들어와 있었다는 것.

그리고 특정 장소에 숨어 있다가 튀어나와 공격했다는 것.

만일 숨어 있던 장소가 발각되었다면 뒤가 아니라 앞에서 공격당했어야 했다.

발각되는 순간 공격했을 테니까.

'그렇다면 그가 가지 않았던 곳이라는 거지.'

노형진은 그렇게 생각하면서 주변을 둘러봤다.

신동우가 기억 속에서 가지 않은 곳.

그리고 신동우를 습격할 수 있는 곳.

이 집에서 그런 곳은 딱 한 군데뿐이었다.

바로 세탁실.

그곳이라면 조용히 숨어 있을 수 있으며 또 조용히 납치할 수 있었을 것이다.

"일단 돌아보면서 증거를 찾아보죠."

"뭔가 있었다면 경찰이 찾아내지 않았을까요?"

노형진은 고개를 흔들었다.

"경찰이 여기서 딱히 수사를 하지는 않았을 겁니다."

일본의 경찰이 아무 증거도 찾아내지 못한 건 당연한 일이다.

애초에 공식적으로 그는 스파이 혐의로 잡혀간 것이니 이곳을 조사할 이유도 없었으니까.

"하지만 이제는 상황이 바뀌었죠."

이것이 법이다

야베는 몰락했고, 공식적으로 그가 뒤집어씌운 죄목은 모두 취소되었다.

"당연히 야베가 그렇게 망가트린 사람들에 대한 조사가 진행될 수밖에 없죠."

물론 일본 경찰의 습성을 생각하면 자발적으로 조사를 시작할 가능성은 없다.

하지만 누군가가 이상하다는 걸 알고 그걸 공개하기 시작한다면 이야기는 달라진다.

"그렇다면 뭐가 있을지도 모르니 찾아보겠습니다."

고개를 끄덕거린 신동하는 집을 뒤지기 시작했다.

하지만 노형진은 그를 말리지 않았다.

어차피 자신과 따로 움직여야 한다. 그래야 자신이 편하니까.

"이 공간이란 말이지?"

세탁실. 조금만 생각해 봐도 아주 좋은 방법이다.

과연 신동우 같은 인간이 세탁실을 이용할 일이 있었을까?

대충 벗어 두면 가정부가 와서 가져다 세탁하고 정리까지 싹 해 두는데?

"그리고 공간도 충분하단 말이지."

일본의 집들은 일반적으로 작은 편이다.

하지만 다른 사람도 아닌 신동우가 사는 곳이다.

당연히 세탁실이라고 해도 어마어마하게 넓은 공간을 가지고 있다.

애초에 평수 자체가 128평이다.

당연히 건축할 때 그런 평수는 없었다. 기존에 있던 세대를 구입해 리모델링해서 숙소로 쓴 것이다.

세탁실로 들어가 보니 세탁기와 건조기가 보인다.

그리고 구석에 있는 세제 같은 것들도 보였다.

노형진은 그 안을 둘러보다가 스윽 하고 옆에 있는 기둥에 손을 올렸다.

누군가 앉아 있었다면 일어나기 위해 잡기 좋은 위치였다.

그리고 들어오는 기억.

–도착했다. 바로 움직이지.

아주 짧은 기억이었다.

하지만 그 기억만으로도 많은 걸 알 수 있었다.

애초에 신동우를 데려간 것은 경찰도 아닌 정보 조직이었다.

그리고 그들의 기억 속에서 단 하나의 정보를 찾을 수 있었다.

주소였다.

그 상황에서 생각날 주소라면 당연히 하나뿐이다.

신동우를 잡아서 데리고 가야 하는 주소.

"빙고."

그다음은 일사천리였다.

노형진은 종이에 그 주소를 적고 세탁실에 던져뒀다.

그리고 천연덕스럽게 그걸 '발견'했다면서 범인이 흘린 것 같다고 이야기했다.

물론 검증은 불가능하다. 애초에 정부 요원들이 저지른 짓이니까.

정부에서 '우리가 납치했습니다.'라고 할 리가 없지 않은가.

문제는, 이 정보를 바탕으로 추적하는 것은 전혀 다른 일이라는 것이다.

"경찰을 전부 믿을 수는 없습니다."

노형진은 단호하게 말했다.

경찰을 전부 믿을 수는 없다.

야베가 쿠데타를 일으켰을 때에도 앞에서 국민들을 통제하면서 권력을 추구했던 존재가 일본의 경찰이다.

상부는 그 사건으로 정리되었다고 하지만, 그 바로 아래만 해도 수많은 간부들이 자신들의 꼬리를 감추기 위해 발악하고 있다.

"이걸 가지고 간다고 해서 정말 추적해 줄지, 확실하게 알 수가 없죠."

"그러면 어떻게 할까요?"

"야베에 관한 일인 만큼 일왕가, 아니 천황가에 부탁해서 특수대를 달라고 하세요."

"특별수사대를요? 아무리 제가 심복이라고 하지만 고작 이 주소 하나로, 그렇게까지 해 주실까요?"

"이 주소 하나만이 아니지요. 신동우는 상처 하나 없이 미쳐 버렸습니다. 그런 기술을 가진 사람이 얼마나 될까요? 그리고 그런 기술을 가진 사람을, 과연 야베가 그 전까지는 단한 번도 쓰지 않았을까요? 그렇잖아도 그동안의 기록을 확인해 봤습니다. 야베에게 적대적이거나 그에 대해 조사하던 사람들 대부분이 미치거나 자살했더군요."

"아!"

노형진의 말에 신동하는 탄성을 내질렀다.

노형진이 하고자 하는 말이 뭔지 알아차린 것이다.

"다른 피해자가 있을 거라는 말이군요."

"맞습니다. 그리고 야베의 범죄라면, 특수대가 수사하는 게 맞지요."

다행히도 신동하는 현재 일왕의 최측근이다.

새로운 일왕이 된 요히토는 자신을 구해 준 신동하를 믿고 도와주고 있었다.

사실 원한다면, 재판은 요히토를 통해 뒤집을 수도 있다.

'하지만 그건 아니지.'

부당한 요구를 한다는 것.

그건 그 사람에게 부당한 사람이라는 기억을 남기게 된다.

물론 그런다고 해서 요히토가 신동하를 버리지는 않겠지만, 어찌 되었건 그런 행동은 요히토가 신동하와 거리를 두게 되는 원인이 될 수도 있다.

'그러니 합당한 요구만 해 가면서 더욱 가까워져야지.'

권력은 요구로 받아 내는 게 아니라 누군가 줘야 한다.

그게 정상적인 권력이다.

"하긴, 이런 문제는 특수대에서 처리해 주겠네요."

신동하는 고개를 끄덕였다.

"바로 연락하지요. 사건의 특성상 빠른 해결이 필요할 것 같으니까."

⚖️

요히토는 바로 특수대에 명령해서 전담 경찰을 불러 줬다.

전담 수사대는 바로 노형진과 신동하와 합류해서 움직이기 시작했다.

아니나 다를까, 수사대 또한 야베 집권 시절에 발생한 수많은 자살 사건과 정신이상 발생 사건을 의심하고 있던 찰나였다.

그런데 그들이 찾아간 주소지는 생각과는 전혀 다른 곳이었다.

"그냥 집인데요?"

흔하디흔한 집이다.

그저 마을에서 좀 동떨어져 있는 빈집일 뿐, 딱히 이상해 보이는 것도 없었다.

"혹시 모르니 주변을 뒤져 보도록."

수사대가 수색을 시작했고, 노형진도 주변을 스윽 살펴보았다.

"진짜 별거 없네."

얼마 지나지도 않아 노형진의 입에서 흘러나온 말.

하지만 그렇게 아무것도 없는 곳이기에 오히려 노형진은 의심을 거둘 수가 없었다.

"아무것도 없는 것 같습니다만. 여기가 아닌 걸까요?"

"주소로는 맞기는 한데……."

신동하 역시 불확실하다 보니 떨떠름한 표정으로 말했다.

주소를 발견한 건 노형진이니까.

"어디 숨겨진 공간이라도 있는 건 아닐까요?"

"확실히 그럴 가능성도 크지만……."

이미 야베 시절의 예산에 대해서는 조사에 들어갔다.

야베는 역대 최장수 총리였고, 그사이에 해 처먹은 돈이 실로 어마어마했다.

그가 쿠데타를 일으킬 만한 이유가 될 만큼 말이다.

그 돈 중에는 야베의 주머니로 들어간 것도 많지만 어디로 갔는지 알 수가 없는 정체 모를 돈도 꽤 되었다.

"그 돈이면 비밀 시설 하나 만드는 것쯤은 어려운 일이 아니죠. 다만 그 시설이 여기에 있다 해도, 어떻게 들어가는 건지 알 수 없다는 게 문제죠."

노형진은 주변을 둘러보다가 말했다.

"여기가 맞기는 할 겁니다."

"어떻게 아십니까, 주소 말고는 증거도 없는데."

"시간을 보세요."

"시간?"

시계를 보니 저녁 6시 30분이다.

시간을 끌 수가 없어서 팀이 꾸려지는 대로 바로 튀어나왔기 때문이다.

"시간이 왜요?"

"관리 상태를 보면 바로 얼마 전까지 사람들이 살던 곳입니다. 보세요, 깨끗하지요? 정원도 관리가 잘되어 있고. 그런데 지금은 텅 비어 있습니다. 이런 곳에서 사는 사람들이라면, 지금쯤 귀가했어야 하는 거 아닌가요?"

"어, 그렇겠네요."

보통 이런 곳에 사는 사람들은 주로 농사를 짓는다.

정상적인 상황이라면 이 시간쯤 되면 일단 들어와서 저녁 준비를 해야 한다.

"그리고 다른 문제는 시설에 있겠네요."

"시설?"

"내부의 장식이나 집 안의 상태가, 노인분들 취향은 아니지요?"

"으음, 확실히 그러네요."

개인차가 있다곤 하나 각 지역, 각 세대를 관통하는 취향이 있기 마련이다.

그래서 어느 나라든 할머니네 또는 할아버지네라고 하면 떠오르는 이미지가 있다.

그 시대를 살아온 사람들의, 한 나라 사람들의 공통된 취향이라고나 할까?

"그런데 여기는 아무리 봐도 30대에서 40대 취향입니다."

이런 시골에서 30~40대의 사람들이 살아갈 이유가 얼마나 될까?

게다가 그들이 어느 날 갑자기 사라질 이유는?

"잠시만요."

노형진은 사람들을 헤치고 안으로 들어갔다.

그리고 농이나 서랍, 화장실 같은 곳을 확인하고는 단호하게 말했다.

"여성용품이 없군요. 즉, 이 집에 여자는 살지 않았습니다."

"낙향해 온 가족은 아니라는 거군요."

"네. 흔적을 봐서는 아무래도 네 명 정도의 남자들이 같이 생활해 온 것 같네요."

"네 명이라······."

이런 시골에 네 명의 남자가 숨어서 산다?

확실히 이상하다.

"역시 전문 탐사 팀을 불러서 땅부터 파헤쳐야겠네요. 아니면 이 산을 다 뒤지든가."

이 산속에 뭔가를 감춰 놨다면 그걸 찾아야 하니까.

'아니야. 분명 여기에 있어.'

신동우의 기억을 읽었을 때 그는 이동식 침대에 묶여서 계속 끌려다녔다.

만일 산속이라면 침대가 움직일 수 있는 공간이 부족하다.

물론 들고 이동하는 형태의 침대라면 모르겠지만, 굴러가는 느낌을 봤을 때 사람이 드는 형태는 아니었다.

신동우야 공포에 벌벌 떨고 있었기에 몰랐겠지만 말이다.

"흠······."

한참 고민하던 노형진은 문득 좋은 생각을 떠올렸다.

분명 그들은 그 이동식 침대를 이용했다.

그 말은 입구가 침대가 충분히 들어갈 수 있을 정도로 크며, 입구로 이어지는 길이 평탄하다는 것이다.

그리고 눈에 보이지 않는 거라고 하면······.

"이 근처에 호스 없을까요?"

"호스요?"

"네."

"호스는 뭐 하시려고요?"

"확인해 볼 게 있어서요."

다행히 집 안에는 긴 호스가 있었다.

그걸 수도에 연결한 노형진은 수도꼭지를 최대로 틀었다.

그리고 호스를 잡고 물을 사방에 뿌리기 시작했다.

"뭐 하시는 겁니까?"

"입구를 찾는 겁니다."

"입구요? 그런다고 나올까요?"

"나오겠지요. 여기는 전형적인 시골집입니다. 일본식이기는 하지만요. 어찌 되었건 이 마당은 흙으로 되어 있지요. 만일 그 아래에 뭔가가 있다면 흙이 비를 흡수하지 못하고 옆으로 흘러내릴 겁니다. 마치 저곳처럼 말입니다."

"어?"

노형진의 말에 시선이 모두 한곳으로 쏠렸다.

마당의 한구석. 그곳에 쏟아진 물줄기는 땅속으로 흘러들어 가지 못하고 옆으로 퍼지고 있었다.

"입구에 방수 처리는 당연히 해 놨을 테니까요."

"당장 저기를 치워!"

다급하게 몰려간 사람들이 젖은 흙을 긁어내자 제법 커다란 문이 드러났다.

완전히 굳게 닫혀 있는 문.

"이거 힘으로는 안 열리겠는데요?"

딱 봐도 기계의 힘이 아니면 열리지 않게 되어 있는 두꺼운 문이다.

소리를 죽이기 위해서인지, 금속이 아니라 콘크리트로 되어 있는 문.

"어딘가에 버튼 같은 게 있을까요?"

"그럴 겁니다. 어이없군요."

국가의 예산을 빼돌려서 이 정도의 시설을 만든 것도 어이없는데, 노형진의 추측대로라면 이곳은 사람을 고문하고 미치게 만드는 용도로 지어진 것이다.

"야베가 미쳐도 단단히 미쳤군."

사람들은 다급하게 문을 열 수 있는 방법을 찾았다.

그리고 얼마 지나지 않아서 알아낼 수 있었다.

"번호 키 같은데요."

벽의 나무 안에 감춰진 번호 키.

비밀번호를 알지 못하니 열 수 있는 방법이 없었다.

"이거 암호해독기라도 가지고 와야 하는 건가? 아니면 해킹이라도 해야 하나?"

다들 고민하는 그때 노형진이 그 앞으로 다가갔다.

"뭐, 일단 아무거나 눌러 보죠."

"아무거나 누른다고 되겠습니까? 몇 자리 숫자인지도 모르는데."

네 자리일지 다섯 자리일지 여섯 자리일지 알 수가 없는 번호 키다. 물론 '남한테만'.

'여덟 자리군.'

노형진은 번호 키에서 어렵지 않게 기억을 읽어 냈다.

물론 바로 눌러 버리면 의심받을 게 뻔하기에, 그냥 랜덤하게 한 10분 정도 막 눌렀다.

다행히 비밀번호가 여러 차례 잘못 눌리면 작동되지 않는 물건은 아니었다.

그리고 마침내 그 여덟 자리 번호를 누르는 순간, '위잉' 하는 소리가 울려 퍼졌다.

"어?"

모두의 시선이 문으로 향했다.

바닥을 덮고 있던 콘크리트 문이 그대로 옆으로 사라지면서 아래로 내려가는 통로가 모습을 드러냈다.

"어, 어떻게……?"

"어…… 저도 그냥 막 누른 거라…….”

노형진은 모르는 척 천연덕스럽게 말했다.

노형진이 막 눌러 대던 모습을 10분이나 봐 왔기에 다들 그 운발에 혀를 내둘렀다.

"그게 열리네."

"일단 들어가지요."

안으로 들어가는 사람들.

선두에 선 사람들은 라이트를 들고 권총을 하나씩 어둠 속으로 겨냥하고 천천히 아래쪽으로 향했다.

그렇게 대략 10미터쯤 아래로 내려가자 콘크리트로 된 공간이 나왔다.

"아무도 없습니다."

"여기 불을 켜는 것으로 보이는 버튼이 있는데, 켜 볼까요?"

"켜 봐."

불을 켜자 드러나는 공간.

그 공간은 대략 사방 10미터쯤으로 보였다.

"지하에 이런 공간을 만들어 두다니 어이없군."

수사 팀은 그렇게 말하면서 주변을 둘러봤다.

가운데에 텅 빈 홀을 기준으로 양쪽에 대략 열 개 정도씩 방이 있고 각 방마다 문이 달려 있었다.

"방음도 잘되어 있군. 이런 상황이라면 누가 소리를 질러도 모르겠어."

그리고 감방의 문은 바깥에서만 열 수 있는 구조로 되어 있었다.

간단한 걸쇠 형태의 잠금장치지만, 안에서는 절대 탈출이 불가능했다.

지하 10미터니까.

"이거군."

천장을 보자 작은 호스가 달려 있다.

그건 수도와 연결되어 있었다.

그리고 그 아래에는 사람을 묶어 둘 수 있는 형태의 고정형 침대가 있었다.

노형진은 그걸 물끄러미 바라보다가 구석에 있는 수도를 열었다.

그러자 호스를 통해 조금씩 물이 흘러나오기 시작했다.

"생각하고 다르군요. 무슨 끔찍한 고문 도구들이 가득할 줄 알았는데."

고문용으로 보이는 건 오로지 자동차용 배터리로 만든 전기 도구뿐이었다.

"이건 고문용이 맞습니다. 중국에서 사람의 정신을 무너트릴 때 쓰던 물건이지요."

"사람의 정신…… 음, 알겠네요."

야베를 추적하던 중 이상하게 자살하거나 미쳐 버리는 사람들이 많았기에 그걸 추적해 온 게 이들이다.

자살 사건을 수사해도 너무 명확하게 자살이기에 특정할 수 없었는데, 이제야 그 원인이 밝혀진 것이다.

여기서 고문을 당했다면, 아마도 다시 고문을 당할까 두려워 죽음을 선택했으리라.

"팀장님! 여기 좀 보십시오! 신분증들이 있습니다!"

"신분증?"

"네."

한구석에 처박아 둔 물건들. 그 안에는 신분증들이 있었다.

물론 한국처럼 주민등록증이 있는 나라는 아니라서 그런 건 없지만, 여기에 끌려온 사람들은 대부분 본인이 누구인지 증명할 수 있는 무언가가 있던 자들이었다.

"어, 이 사람 기자 아냐? 실종되지 않았어?"

"이 기자는 얼마 전에 자살했잖아?"

"도쿄 경찰? 경찰 신분증이 여기서 왜 나오는데?"

줄줄이 나오는 각양각색의 신분증들.

그걸 본 사람들이 그 주인들이 어떻게 되었는지 알아차리는 건 어려운 일이 아니었다.

"결국 다들 야베한테 당한 거로군요."

그나마 안전해졌다고 생각한 건지 뒤늦게 들어온 신동하는, 쌓여 있는 신분증들을 보면서 입술을 깨물었다.

"일종의 트로피인가 보네요."

사람을 고문하면서 천천히 미쳐 가는 걸 보는 놈이 제정신일 리가 없다.

아마도 일종의 트로피처럼 이 신분증들을 모아 두고 있었을 것이다.

"아마도 야베의 쿠데타가 실패한 후 도망간 것 같네요."

언제 조사가 들어올지 모르니 재빨리 도주한 것이리라.

"바로 이곳이 신동우가 미친 곳이군요."

"그리고 우리가 신동성을 추적할 곳이지요."

노형진은 막혀 있는 천장을 보면서 담담하게 말했다.

시대는 바뀌어도 정치가는 같다

쇼군. 일본의 영주를 뜻한다.

일본은 지금이야 평화로운 나라지만, 수천 년간 그 쇼군에 따라 세력이 나뉘어서 엄청나게 많은 피를 흘렸다.

한때는 통일되었으나 다시 찢어져서 내전을 반복했다.

임진왜란 역시 그 당시에 일본 통일을 성공한 도요토미 히데요시가 남아도는 군사력을 소모하고 쇼군들에게 나눠 줄 영지를 확보하기 위해 조선을 침략했다는 것이 일반적인 학설일 정도다.

그리고 그러한 쇼군이라고 불리는 혈통은 아직까지 이어진다.

물론 지금은 쇼군이라 불리지 않는다.

그러나 그 쇼군들은 개화기가 되면서 작위를 받고 귀족이라 불렸으며, 그 이후에 일어난 2차대전에서는 정치인이 되었고 패전 이후에는 미국에 달라붙었다.

"현실적으로 지금 일본 정치인들은 대부분 그 쇼군이라는 일본의 과거 집단에서 거의 그대로 이어진 거지요."

그래서 외국의 사람들이 일본을 유사 민주주의라고 욕하는 것이다.

애초에 지배계급이 바뀐 적도 단 한 번도 없고, 국민들이 나서서 싸워 뭔가를 쟁취한 적도 없기 때문이다.

"그렇다 보니 일본은 국민들을 노예 보듯이 합니다."

좀 독하게 말하면 사무라이가 농노 보듯 하는 게 일본이다.

사무라이들은 새로운 검을 사면 날이 잘 드는지 알아보겠다며 지나가던 농민을 베어 버리곤 하던 놈들이었다.

"부정은 못 하겠네요."

신동하는 안다는 듯 말했다.

그는 혈통은 한국인이지만 일본에서 나고 자랐다.

물론 일본에서 이런 걸 역사 교과서에서 가르치진 않는다.

하지만 살다 보면 결국 다 알게 되는, 드러난 비밀일 뿐이다.

"야베도 그랬지요."

야베 역시 조상이 유명한 일본의 장수였으며 2차대전 당시에 전범이었고, 또 이후로는 대대로 일본의 정치인이었다.

"그런 놈이니 국민들의 목숨을 개털로 아는 거죠."

그 안에서 나온 신분증과 유전자를 증거로, 실종되거나 납치된 사람들이 이곳에서 미치게 하기 위한 일종의 고문을 받았다는 것은 어렵지 않게 알 수 있었다.

심지어 테스트를 위해 심리전 훈련을 받은 요원을 그곳에 묶어 봤는데, 세 시간도 못 버티고 풀어 달라고 고래고래 소리를 질렀다.

"테스트인 것도, 언제든 나갈 수 있다는 것도 아는데도 그 지경이었으면……."

일반인이라면 더더욱 못 버텼을 것이다.

더군다나 테스트였기 때문에 전기 고문도 가해지지 않았다.

"하지만 신동우가 거기에 있었다는 증거가 없네요."

"안타깝게도요."

신체적인 학대가 이루어진 곳이 아니기 때문에 유전자는 극도로 적었고 그나마도 대부분 청소되어 있었다.

그나마 그곳에서 발견된 신분증이 피해자들을 증명하지만, 신동우의 신분증은 없었다.

'집에서 샤워를 하고 끌려갔으니까.'

샤워를 하고 샤워 가운을 입고 막 와인을 한잔하려던 찰나에 끌려갔으니 당연히 신분증은 없었을 것이다.

"하지만 범인을 찾으면 그의 입으로 자백하게 할 수 있지요."

"범인을 찾을 수 없다고 하던데요? 그쪽에서 거짓말을 할 것 같지는 않고."

"저는 전혀 다른 쪽에서 추적했습니다."

"전혀 다른 쪽?"

"네."

물론 노형진은 이미 범인이 누군지 안다.

기억을 읽었으니까.

하지만 그걸 말할 수는 없다.

'내가 그래서 이야기를 맞추느라고 얼마나 고생했는지.'

범인을 추적하는 것과 그가 범인이 맞다고 사람들이 납득할 수 있도록 꾸미는 건 전혀 다른 문제다.

무조건 그럴듯하게 꾸며야 했기에 노형진은 한참 머리를 쥐어짜야 했다.

"그 장소가 아무리 봐도 개인이 만든 시설은 아니지 않습니까?"

"그건 그렇더라고요, 전기에 그런 자동문까지 있는 거 보면."

"그렇다면 야베를 밀어주던 국가조직에서 해 줬겠지요."

그런 곳을 합법적인 조직인 경찰이나 검찰에서 건설해 줬을 리가 없다.

물론 일본 내부에도 정보 조직이 있지만, 그런 곳도 그런 짓을 하는 데에는 한계가 있다.

그들은 해외 작전 전문이니까.

홍안수처럼 말이다.

"일본 치안방위국."

노형진의 말에 신동하는 눈을 살짝 찡그렸다.

"처음 들어 봤는데요?"

"그럴 겁니다. 공식 집단도 아니고, 애초에 신동하 씨는 그쪽 수사에 관여하고 있지 않으니까. 하지만 특별수사대에 이야기하면 알 겁니다."

기억에서 읽어 낸 곳. 그리고 수사 중인 곳.

"치안방위국은 비공식 집단입니다."

정확하게는 야베가 자신의 권력을 유지하고 정적들을 제거하기 위해 만들어 낸 집단이다.

당연히 정상적인 체계 안에서 움직이는 게 아니다.

더군다나 치안은 결국 내부의 문제다.

즉, 국가 내부에 있는 그들의 표현을 빌리자면, 비국민에 대한 불법적인 처벌이 그들의 목표였다.

"그런……."

"그리 놀라실 것 없습니다. 독재 성향이 있는 놈들이 가장 먼저 만드는 게 그런 거거든요."

당장 홍안수도, 그와 얽혀 실종이나 사망 처리된 사람들이 한두 명이 아니며 이유도 없이 자살한 사람들이 수십 명이다.

알려진 것만 그 정도이니 실제로 얼마나 많은 피해자들이 있는지는 알 수가 없다.

그건 중국, 심지어 미국도 마찬가지다.

미국에서 뭔가를 추적하던 사람이 의문의 자살을 당하는

건 제법 있는 일이니까.

"일단 현 상황에서 가장 좋은 건 그놈들을 추적하는 겁니다."

"하지만 무슨 수로요? 방법이 없어 보이는데요."

안에는 말 그대로 아무것도 없었다.

다급하게 그곳을 비우고 도망간 놈들이다.

애초에 비공식 집단이었던 만큼, 그들의 존재를 증명할 재직 증명 같은 게 있을 리가 없다.

"그러니 차를 추적할 겁니다."

"차를요?"

"사람을 납치한 놈들이 걸어서 거기까지 가지는 않았을 테니까요."

"아하!"

정확하게 표현하자면, 납치당할 때 사람들은 이동형 침대에 묶인 채 움직였다.

그 말은 승합차, 그것도 앰뷸런스 형태라는 소리가 된다.

앰뷸런스 형태라면 유리한 점이 많다.

일단 사이렌을 울리고 달리면 불심검문은 무조건 피할 수 있다.

게다가 그 안에 사람이 누워 있어도, 그를 환자라고 생각하지 납치 중이라고는 아무도 생각하지 않는다.

설사 중간에 깨서 난동을 부린다고 해도, 정신이상으로 정신병원으로 끌고 간다고 하면 끝.

이것이 법이다

"그곳으로 들어가는 길에 CCTV가 하나 있더군요."

그리고 신동우가 사라졌던 일은 얼마 되지 않았다.

그러니 그걸 추적하면 차량 번호가 나올 것이다.

"범인을 잡을 수 있다면 상황은 아주 재미있어질 겁니다, 후후후."

⚖

"찾았습니다. 그날 앰뷸런스가 한 대 들어갔습니다."

"그날뿐만 아닙니다. 동일한 앰뷸런스가 그쪽으로 여러 차례 움직였습니다."

보고를 들으면서, 이번 사건을 담당하게 된 우시마는 주먹을 꽉 쥐었다.

"이 새끼들, 도대체 얼마나 많은 사람들을 죽인 거야?"

CCTV가 보관하는 기간 내에 그 정체 모를 앰뷸런스가 왔다 갔다 한 횟수는 총 12회.

그 말은, 그 짧은 기간 동안 무려 열두 명 이상의 사람들이 고문당하고 미쳤다는 의미다.

물론 그때는 야베에게 조금만 불만을 가져도 쥐도 새도 모르게 사라지던 시기였으니까 이해는 가지만.

"차량 번호도 확인되었습니다. 하지만 일반 차량입니다."

"번호판은 가짜로 바꿔 끼웠겠지."

명색이 국가의 비밀 조직이니 가짜 번호판 하나 만드는 건 그다지 어려운 일도 아니었을 테니까.

"차를 추적해 볼까요?"

"해 볼 수는 있겠지만……."

우시마는 입술을 깨물었다.

이런 경우 대부분 차량은 폐기된다는 걸 알기 때문이다.

"차량을 추적하는 게 불가능하다고 해도 다른 건 추적할 수 있지요."

그 순간 들리는 목소리에 고개를 돌려 보니, 노형진이 신동하와 함께 방 안으로 들어오고 있었다.

이번 건에 대해서는 신동하와 손잡기로 했기 때문에 수사 중인 건물로 들어오는 건 어렵지 않았던 것이다.

"차량은 찾기 힘들 겁니다. 최소한 소각되었을 테고, 아마도 물속에 빠트렸을 테니까요."

소각을 시켜도 차량의 부품에 음각된 일련번호 같은 걸로 추적이 가능하기에, 차를 확실하게 감추기 위해서는 깊은 물속에 빠트린다.

그러면 일단 당장 찾아내기도 힘들고, 설사 찾는다고 해도 보통은 부식되어서 음각이 사라지기 때문이다.

"알고 있습니다. 차량은 추적할 수 없겠지요. 집도 타인의 명의로 되어 있을 테고요."

다른 곳도 아닌 국가의 비밀 조직에서 운영하던 시설인 만큼 그걸 추적하는 건 쉽지 않을 것이다.

"하지만 우리에게는 그들이 놓고 간 게 있지 않습니까?"

"벙커는 이미 이 잡듯이 뒤졌습니다. 하지만 별거 없습니다. 사실 유전자조차도 거의 없더군요."

수도도 진짜 수도가 아니라 땅을 파서 지하수를 뽑아 올린 거라 수도세 같은 건 의미가 없었다.

"그러면 그 땅을 판 곳에 대해 조사한다거나……."

"아마도 현금으로 계산했을 겁니다."

그들도 나름 머리를 써서 추적하려고 했을 것이다.

하지만 방법이 없었다.

장비에서부터 공사까지 모든 걸 현금으로 지급했다면, 사실상 추적은 불가능하다.

'그렇겠지.'

노형진은 CIA와 일해 봤기에 안다.

그들이 작심하고 감추려고 하면 추적은 불가능하다는 것을.

당장 CIA가 노형진을 철저하게 감추어 주는 이유 중 하나가 바로 돈 때문 아닌가?

"하지만 그들이 아무리 노력한다고 해도 어쩔 수 없는 게 있지요."

"어쩔 수 없는 거요?"

"이들이 어디서 왔는지를 생각해 보시면 됩니다."

"네?"

"이들은 전문가입니다. 그러면 이 전문가들이 어디서 왔을까요?"

"⋯⋯!"

사람을 고문하고 미치게 만드는 기술을 쓸 수 있는 사람은 거의 없다.

더군다나 납치까지 흔적도 남지 않게 할 수 있는 사람들은 더더욱 드물 수밖에 없다.

"야베의 지지 세력은 많습니다. 하지만 야베의 지지 세력이 죄다 특수부대원들인 것은 아니죠."

이런 식의 고문과 심리전을 수행하려면 결국 경험이 있어야 한다.

"기존의 경험을 어디서 겪었을까요?"

"조직이군요."

그것도 일본 내 조직일 가능성이 크다.

해외 조직에서 그걸 배워 왔다면 야베가 믿어 주지 않을 테니까.

"흔한 거지요."

비밀 조직을 만들 때 가장 좋은 방법은 기존 조직에서 빼내는 것이다.

그래야 훈련도 제대로 된 인원을 갖추고, 또 금방 숫자를 맞출 수 있을 테니까.

"그리고 제가 알기로는 은퇴한 조직원들은 대부분 관리 대상이지요."

그럴 수밖에 없는 게, 비밀 조직이란 곳에 있었으니 나중에 실수로 정보를 흘릴 수도 있고, 또는 배신해서 다른 곳으로 넘어갈 수도 있기 때문이다.

"그렇군요. 그리고 이런 팀을 만들려면 전문적인 놈들이 필요할 테니⋯⋯."

비슷한 시기에 비슷한 곳에서 나온 놈들을 추적하면 어렵지 않게 알아낼 수 있을 거라는 것이 공식적인 노형진의 의견이었다.

'물론 틀린 말도 아니고.'

노형진이 본 기억 속에서 그들은 모두 같은 정보 조직 소속이었다.

권력을 잡은 극우 세력에게 포섭당하여 그들을 위해 일하다가, 아예 별도로 움직이기 시작했던 것.

"그러면 그만둔 놈들 위주로⋯⋯."

노형진은 고개를 흔들었다.

"그들이 그만두었다는 증거는 없습니다."

"네?"

"그들이 속한 곳은 일본 치안방위국이라는 곳입니다. 하지만 진짜 존재하지는 않는 조직이었지요. 그렇다면 그들의 생활이나 임금은 어떻게 해결했을까요? 물론 빼돌린 돈도 있겠지만, 드러나지 않은 신분이 문제가 되지요."

어딘가에 가서 치안방위국이라는 신분증을 내밀어 봐야 도움을 받을 수는 없다. 존재하지 않는 곳이니까.

"완전한 기밀 조직이라는 건 결국 있을 수가 없습니다."

기밀을 유지하기 위해서는 결국 외부의 도움이 필요할 수밖에 없다.

당장 추적할 수 없는 앰뷸런스도 그렇다.

그걸 운용하기 위해서는 누군가가 도움을 줘야 한다.

앰뷸런스로 개조하는 것도 결국 허가를 받아야 하는 문제니까.

당장 일본의 앰뷸런스는 하이에이스라는 차량을 이용하는데, 그건 무조건 주문생산이다.

즉, 중고를 사서 앰뷸런스로 개조하는 건 기본적으로 불법이라는 거다.

사설 앰뷸런스가 없는 것은 아니지만 카메라에 잡힌 것은 진짜 앰뷸런스였다.

"그리고 연식을 볼 수 있으니까요."

영상에 나온 앰뷸런스는 연식이 오래되지 않아 보였다.

그 말은 최근에 구입했다는 의미다.

진짜 전문가가 붙어서 몰래 개조했든가.

"아니면 애초부터 주문생산이라는 거군요."

그건 한국뿐만 아니라 전 세계 어디나 마찬가지다.

정부에서 발주하면 그 형태에 맞게 변형시킨 차량이 공장에서 나오는 거다.

"들었지? 당장 앰뷸런스 주문생산 확인해 봐! 그리고 요원 중에서 요 근래 업무가 없었던 사람들을 뒤져 보고!"

"퇴직자 감시 기록에서는, 근무하는 회사가 없는 사람 위주로 찾아보세요."

그런 시골에 숨어서 뭔가를 하려면 상주 인원이 필요하다. 그리고 그 사람은 그 기간 동안 다른 회사에 다닐 수가 없다.

"알겠습니다. 이거 대혼란이군요."

"이해합니다."

노형진은 씁쓸하게 웃었다.

사실 일본의 특별수사대는 대혼란일 수밖에 없다.

야베의 재직 기간 중 대부분의 사람들이 극우 세력으로 대체되었다.

쉽게 말해서 일한 경험이 있고 또 시스템을 이해하는 사람들은 모두 야베의 사람들이라는 소리였고, 그들은 적극적으로 야베의 쿠데타에 동조했다.

그런데 지금 그들은 사라졌고, 당연히 그 자리는 텅 비어 버렸다.

"사실 저는 전에는 계장급이었습니다. 그것도 만년 계장이었지요."

다들 극우에 줄을 서고 그들에게 충성을 바칠 때 그건 아니라며 조용히 일만 하던 우시마였다.

그래서 다른 동료들이 죄다 승진하고 빠른 놈은 부장을 달 때에도, 그만은 여전히 계장이었다.

공무원이어서 잘리지는 않았으나 미래가 없었던 상황.

그러다가 부장이나 과장 할 거 없이 모조리 모가지가 날아갔고, 빈자리를 메꾸기 위해 승진하다 보니 우시마는 졸지에 부장이 되어 있었다.

살아남은 사람들 중에서 제일 오래 일했다는 이유 하나만으로 말이다.

"일부에서는 쓸 만한 사람을 전향시켜서 써먹자는 소리가 나왔지만……."

"그걸 천황가에서 받아들일 리가 없지요."

그렇게 만든 것이 바로 노형진과 신동하였으니까.

'이권이라는 건 암세포 같은 거지.'

한국이 해방된 이후의 상황이 딱 그랬다.

행정 업무를 처리하기는커녕 제대로 글을 읽고 계산을 할 수 있는 사람조차 별로 없던 시기.

미국은 기존에 일하던 사람들을 그대로 쓴다는 정책을 유지했다.

바로 그게 한반도의 친일파가 박멸되지 못한 이유였고, 일본이 남긴 재산을 그 친일파에게 분배하면서 지금의 대기업이 되었다.

결과적으로 일본의 스파이가 대통령까지 되었던 상황.

그걸 이야기해 주자 일왕가에서는 대혼란을 무릅쓰고 피의 숙청을 해 버렸다.

그들을 가만두면 분명히 일왕가를 다시 뒤집으려고 할 게 뻔하니까.

"그러니 저희가 도와드리는 거지요. 잠깐이지만요."

"덕분에 살았습니다."

우시마는 안도의 한숨을 내쉬었다.

"그나저나 그놈들을 잡을 수 있을까요?"

"잡을 수 있을 겁니다. 일본은 기록의 문화를 가지고 있지 않습니까? 후후후."

앰뷸런스의 주문량을 추적하자 실제로 두 대의 앰뷸런스가 사라진 걸 확인할 수 있었다.

그리고 그 당시 수령자를 찾아내어 캐묻자 그는 고개를 푹 숙이고 사실을 말했다.

반역 혐의를 받는 상황에서 더 이상 거짓말을 할 수는 없었으니까.

그는 들어온 앰뷸런스 중 두 대를 어떤 요원이 와서 가지고 가도록 했다고 인정했고, 그렇게 명령한 전 장관을 고발했다.

전 장관 역시 야베의 명령이라고 했고, 그렇게 수령한 차량은 어디로 갔는지 알 수가 없다고 했다.

그러나 이러한 문제는 차량의 문제가 아니라 사람의 문제였다.

"하시무라 유켄."

이런 특수 기술을 익힐 수 있는 조직의 명단을 확인하다가 튀어나온 이름.

'그리고 내가 기억에서 읽어 낸 이름.'

그는 일본 스파이 조직의 심리전단 소속이었다.

그리고 공식적으로는 퇴직했다.

공식적으로는 말이다.

"하지만 그 이후에 근무처가 없더군요."

사람이라면 누구나 먹고살아야 한다.

사실 스파이 조직이라고 해서 모든 사람들이 다 평생 거기에서 일하는 것은 아니다.

어느 조직이나 그렇듯, 누군가는 승진을 하지만 누군가는 그러지 못한다.

그렇게 나이를 먹으면 결국 조직에서 나갈 수밖에 없다.

스파이는 생각보다 육체적 능력이 중요한데, 나이 먹은 사람들이 버티고 있으면 새로운 요원도 뽑지 못하기 때문이다.

그래서 그렇게 나간 사람들은 무조건 감시 대상이 되고, 최소한 근무처는 확인하게 되어 있다.

이것이보인다

"그런데 5년간 그 어떤 근무 기록도 없습니다."

만일 시스템이 정상적으로 돌아갔다면, 그렇게 5년이나 무직으로 놀고먹으면서도 생활을 유지했다는 데 대해 일본 정부에서 배신을 의심하고 조사에 들어갔어야 한다.

아무리 스파이 월급이 많다고 해도, 몇 년씩 놀고먹을 만큼 풍족하게 주지는 않으니까.

하지만 그 5년간 단 한 번도 조사가 없었다.

"1년은 유예기간이라고 해도, 4년간 아무 일도 하지 않는 사람에 대한 조사가 이루어지지 않았다는 건 말도 안 되죠. 더군다나 주소도 그렇고요."

하시무라 유켄의 주소는 도쿄의 한 아파트로 되어 있었다.

그러나 그 아파트에 사는 사람은 그의 동생이었고, 근 2년 간 형을 본 적이 없다고 했다.

"아마도 그곳에서 상주하면서 고문을 전담했을 겁니다."

또 왔다는 그 목소리. 그건 아마도 하시무라 유켄의 목소리일 것이다.

"거기에다가 심리전단이니까요."

심리전단은 상대방의 심리를 흔드는 것을 목표로 한다.

필요하다면 정신적 고통을 주는 것도 가능하다.

"그런 놈들이라면 그런 흔하지 않은 고문 방식도 알고 있을 테고요."

장비가 거창한 것도 아니고 또 흔적이 남는 것도 아니지만 사람을 확실하게 미치게 할 수 있는 방법.

"그리고 계좌도 확인해 봤습니다. 카드 사용 내역이 전혀 없더군요."

물론 여전히 일본은 현금 시스템으로 돌아가는 구조다. 그래서 카드 없는 사람들이 생각보다 많다.

하지만 그렇다고 해도, 국가 소속이었던 자가 계좌 하나 재산 한 톨 없다는 건 말이 안 된다.

"내부의 분석 자료에 따르면 그는 극단적 주전파에 극우 신봉자였습니다."

퇴직 사유 역시 그로 인한 내부 문제 야기로 되어 있었다.

심리전단이라고 해서 죄다 납치하고 고문하고 하는 게 아니다.

사실 심리전단의 가장 큰 목표는 적을 포섭하여 이쪽으로 넘어오게 하는 것이다.

"하지만 그런 온건한 방법을 쓰는 것에 대해 거부감을 가지고 있더군요."

그래서 퇴출, 아니 야베에게 발탁되었을 것이다.

"정신적으로도 불안정했고요."

정신분석 결과 그는 가학성을 가지고 있었고, 그로 인해 아내와 이혼한 기록도 있었다.

"그리고 현재 어디에 가 있는지 알 수가 없습니다."

"그렇겠지요."

모든 자금은 현금으로 유통했다.

즉, 도피 자금은 충분히 가지고 있다는 소리다.

"검문을 하자니……."

"힘들지요."

제대로 된 신분증이 없는 일본이다.

더군다나 어찌 되었건 일본의 스파이 조직에 속한 놈이었다.

그런 만큼 가짜 신분증을 만드는 것은 그다지 어려운 일이 아닐 것이다.

만일 어딘가에 숨어서 지낸다면, 일본의 특성상 그를 잡는 것은 아주 힘든 일이 된다.

"힘들 게 뭐가 있나요?"

"네?"

노형진의 말에 우시마는 어리둥절한 표정이 되었다.

그런 놈을 어떻게 잡는단 말인가?

"그의 동선을 추적할 어떤 증거도 없습니다."

"동선을 추적할 필요가 없지요."

노형진은 머리를 긁적거렸다.

하긴, 어떻게 보면 노형진의 생각은 정보 조직에 속해 있던 그의 성향을 생각하면 미친 짓이니까.

"방송으로 공개 수배해 버리면 되지 않습니까?"

"공개 수배요?"

"네. 아시다시피 그놈은 이제 요원이 아닙니다."

"어?"

아차 싶은 표정이 된 우시마.

그는 오로지 요원의 입장에서 모든 정보는 비밀로 해야 한다는 일종의 강박관념이 있었기에, 이걸 공개 수배로 돌린다는 것은 전혀 생각해 보지 못했던 것이다.

기밀이라는 것은 그런 정보 조직 사람들에게는 아주 당연한 거니까.

"그런데 이걸, 우리가 기밀로 지킬 필요가 있나요?"

"없지요."

그는 야베의 명령에 따라 사람을 납치하고 고문하고 미치게 만들었다. 그의 존재가 공개된다고 해도 자신들이 손해 볼 건 없다.

"그리고 지금 도주한 놈들이 많지 않습니까?"

"엄청 많지요."

신분증이 없기에, 도주해서 다른 이름으로 살면 추적이 쉽지 않다.

그래서 야베의 패배 이후에 도망간 놈들이 한둘이 아니다.

"아예 방송에서 그걸 때려 버리는 거죠."

어차피 반역자들이다.

그들은 숨어서 잘 살 수 있을 거라 생각할지 몰라도…….

'그게 쉽겠냐?'

그렇잖아도 힘든 일본의 상황을 생각하면, 충분한 돈을 걸고 유도하면 신고가 쏟아질 가능성이 아주 높다.

한때 한국도 그러한 수배자들에 대해 방송한 적이 있었다.

지명수배자라는 것 자체가 얼굴을 공개해서 추적하는 일이니까 문제가 될 것도 없다.

일부에서는 인권 운운하면서 반대하는 사람도 있지만…….

'지금 같은 상황에서 인권 운운한다는 건 말도 안 되지.'

반역자들이다.

인권 타령하면서 그들의 추적을 막는다는 것은, 자신도 반역자라는 소리와 마찬가지다.

"그러니 방송에 얼굴을 드러내고 현상금을 거시면 됩니다."

간단하지만 확실한 해결책이었다.

⚖

하시무라 유켄은 사방을 두리번거렸다.

그는 누구도 자신을 추적하지 못할 거라 생각했다. 그의 존재는 야베의 조직 내부에서는 절대 기밀 중 하나니까.

설사 존재를 알았다고 해도, 자신에 대한 정보는 전혀 없다고 확신했다.

그런데 어디서 새어 나간 건지 정보가 샜다.

그의 존재와 이름 그리고 얼굴까지 모두.

그것까지는 좋다.

그런데 뜬금없이 자신의 얼굴을 생방송으로 때려 버렸다.

지금까지 정보 계통에는 암묵적인 룰이 있었다.

얼굴을 공개하지는 않는다.

그러나 그런 룰이 무너져 버렸다.

하시무라 유켄은 어젯밤의 방송이 생각났다.

　－도주 중인 하시무라 유켄은 최소 수십 명을 고문하고 정신이상을 유발하였으며, 그 와중에 적지 않은 수를 살해한 것으로 추정되고 있습니다. 한때 정부의 스파이였던 하시무라 유켄은…….

아나운서의 차가운 말과 함께 공개된 그의 얼굴.

문제는 그것뿐만이 아니었다.

　－제가 자식을 잘못 키웠습니다. 제가 할복을 해서라도 그 죄를 갚겠습니다.

무릎을 꿇고 비는 가족들의 모습에, 하시무라 유켄은 가슴이 미어지는 기분이었다.

남의 인생이야 관심 없다지만 하시무라 유켄에게 있어서 그래도 가족의 정은 소중했다.

"젠장!"

일본의 기본적인 문화는 이지메다.

한국이라면 하시무라 유켄의 얼굴만 공개하고 끝이겠지만, 일본은 이런 범죄자의 가족들의 얼굴까지 공개한다.

　물론 직접적인 형사처벌은 하지 않는다.

　하지만 그것만으로도, 공동 책임을 문 가족들은 자살 말고는 아무런 저항법이 없다.

　"씨발! 칙쇼!"

　거기까지 생각이 닿자 분노로 펄펄 날뛰는 하시무라 유켄.

　그러자 그 모습을 본 주변 사람들이 불안한 표정으로 그에게서 멀어져 갔다.

　"저거 뭐야?"

　"미친 거 아냐?"

　"야, 야……."

　다들 그를 피해서 빙 돌아가자 하시무라 유켄은 아차 싶었다.

　"신분을 드러내면 안 돼."

　그는 애써 다시 한번 후드를 깊숙이 눌러쓰고는 빠르게 움직였다.

　얼굴이 드러난 이상 한곳에 오래 있는 것은 그다지 좋은 생각이 아니었다.

　하지만 그런 그의 선택은 잘못된 것이었다.

　수십 명을 고문해서 미치게 만들었다는 고문 기술자. 그 얼굴을, 일본의 많은 사람들이 못 알아보기는 힘들었다.

　더군다나 하시무라에게 걸려 있는 돈은 무려 천만 엔.

요즘같이 경기가 좋지 않은 상황에서 절대 적은 돈이 아니었다.

하시무라 유켄이 필요한 물건을 구한 후 가게를 떠나려고 할 때, 누군가가 그의 앞을 가로막았다.

"왜 이러십니까?"

앞을 가로막은 사내들은 족히 다섯 명은 되었다.

그들은 그를 보고 빙긋 웃으며 말했다.

"하시무라 유켄."

검은색 정장을 입은 체격 건장한 사내들.

순간 하시무라는 아차 싶었다.

'씨발.'

야쿠자와 야베는 사이가 좋다.

아니, 정확하게는 '좋았다'는 표현이 맞을 것이다.

온갖 더러운 일을 해 주는 야쿠자는 정치인들에게 필수적인 존재였고, 그 때문에 야쿠자를 통해 많은 일이 벌어졌다.

그러나 권력을 잡은 후의 야베에게 야쿠자는 귀찮은 짐에 지나지 않게 되었다.

특히나 세력이 큰 야쿠자는 저항할 가능성이 높은 폭력 조직단이었기 때문에 가만둘 수가 없었다.

전 정권의 모든 관계를 끊는다는 것은 야쿠자와의 관계도 포함되는 것이니까.

더군다나 야쿠자는 그 쿠데타로 인해 막대한 손해를 봐야 했다.

현대의 야쿠자는 단순히 조직폭력배라기보다는 기업의 형태로 운영되기 때문이다.

그런 그들이 그냥 참고 넘어갈 리가 없다.

"씨발!"

하시무라는 옆에 나 있는 창문으로 바로 몸을 날렸다.

생존에 필수적인 물건들도 이제 더 이상 중요한 게 아니었다.

와장창.

유리창이 깨지며 쏟아지는 유리 파편들 사이로 굴러 나온 하시무라는 냅다 뛰기 시작했다.

"씨발! 야, 저 새끼 잡아!"

야쿠자들은 눈을 까뒤집고 일제히 달리기 시작했다.

하지만 아무리 야쿠자들이 체력이 좋다고 해도 실제 요원인 하시무라를 이기는 것은 힘들었다.

"야! 거기 안 서!"

"하시무라 유켄! 거기 서라!"

점점 멀어지는 거리.

역시 가오만으로 살아오던 야쿠자들의 움직임은 운동으로 살아온 하시무라 유켄을 이기기 힘들었다.

'이대로 조금만 더 가면······.'

그러면 다른 곳으로 숨을 수 있다.

하시무라 유켄은 그렇게 생각하면서 코너를 돌았다.

'조금만 더 가면……!'

그가 안가로 가기 위해 마지막 코너에서 튀어나오는 순간, 무언가가 그런 그의 옆으로 달려들었다.

"으아아악!"

'쾅!' 소리와 함께 하시무라 유켄의 몸뚱이가 허공을 날았다.

⚖

"어떻게 도망가다가 유치원 차에 받히냐. 운도 더럽게 없지."

하시무라 유켄은 추적 현장에서 차에 치여 바닥을 나뒹굴었다. 뒤에서 따라오던 야쿠자들에게 신경을 쓰느라고 차를 미처 보지 못한 것이 원인이었다.

그는 사고가 나서 기절한 사이 경찰이 현장으로 오는 바람에, 저항다운 저항도 해 보지 못하고 바로 이곳으로 끌려왔다.

"하시무라, 우리 편하게 가자, 응? 그냥 불어. 야베가 시켰지? 그렇지?"

다리가 부러진 하시무라는 어디로 가지도 못했다.

다리에 깁스만 하고 바로 끌려와서 수사에 들어갔다.

"……."

"하시무라, 우리 편하게 가자니까?"

피식하고 웃는 하시무라.

"궁금하면 고문 한번 해 보든가."

"너 이 자식!"

"너희는 절대 우리처럼 고문하지 못하겠지. 너같이 물러 터진 놈은 말이야."

"씨팔."

우시마는 입술을 깨물었다.

그럴 수밖에 없다.

실제로 자신들은 저들을 고문할 수가 없다.

외부의 눈치? 그런 건 신경 쓰지 않는다.

하지만 그렇게 누군가를 고문할 정도로 독한 놈들은 이미 극우로 전향해서 야베를 물고 빨다가 감옥에 가 있다.

"너희를 알지. 지금이야 천황의 개가 되어서 마치 거대한 힘이라도 얻은 양 휘둘러 대지만, 원래대로라면 힘을 얻기는커녕 제대로 말도 못 하고 눈치만 보면서 바닥을 기던 새끼들."

"너…… 이 새끼, 증말!"

"아니면 증명해 봐."

"뭐?"

"고문하고 때리고, 나를 어떻게 해서든 압박해서 증거를 토해 내도록 만들어 봐. 하지만 그러면 너희들은 야베와 똑같이 되는 거야."

"크윽."

우시마는 이를 빠드득 갈았다.

실제로 그랬다.

마음이 약해서 제대로 일 못 하고 정상적인 업무만 한 사람들은 대부분 승진하지 못하고 버둥거리다가 지금 상황에서 갑자기 승진했다.

당연히 고문법 따위는 알지도 못한다.

"너희는 아무리 그래도 나를 못 이겨. 나는 진실을 말하지 않을 거야. 너희들은 그저 스스로의 멍청함을 탓하면서 이빨만 뿌득뿌득 갈 수밖에 없겠지."

"젠장!"

막 화를 내는 우시마.

그 순간 문이 끼익 소리를 내면서 열렸다.

"역시 심리전단 소속이라서 그런가? 사람 보는 눈이 좋네."

안으로 들어오는 남자.

그가 누군지 하시무라 유켄은 알고 있었다.

자신들의 가장 큰 적이었고, 자신이 가장 고문하고 싶었던 인간이니까.

"노형진, 어떻게 나를 잡는 데에는 성공했지만 원하는 건얻어 내지 못할 거야."

"그럴지도."

"아니면 네놈이 고문이라도 해 보겠나? 고문은 말이지, 정신이 천천히 파괴되는 거야. 피해자의 이야기가 아니야. 내이야기지. 고문을 하고 거기서 정보를 얻으면서, 고문을 하는 당사자도 미쳐 가는 거지. 네놈이 그런 고통과 두려움을 이겨 낼 수 있을까?"

노형진은 머리를 긁적거렸다.

"틀린 말은 아니야. 고문이라는 건 그런 거지. 한국도 한 때 고문으로 없던 죄까지 만들어 냈으니까. 그 수많은 고문 기술자들과 경찰들의 영혼은 어마어마하게 타락했겠지."

"그런데 네놈이 할 수 있을까?"

노형진은 머리를 긁적거렸다.

"나는 할 수 없지. 하지만 이미 정신이 무너진 사람들이라면 어떨까? 그런 사람들이라면 할 수 있을 것 같은데."

"어떻게, 다른 고문 기술자라도 알아냈나 보군, 하하하."

노형진은 고개를 흔들었다.

"다른 고문 기술자는 없었어. 하지만 희망자는 많더군."

"희망자……?"

그렇게 말하며 노형진이 어딘가로 시선을 돌리자, 그에 따라 하시무라의 시선 또한 그쪽으로 옮겨 갔다.

"너는……."

문 앞에는 어느샌가 낯선 여자가 서 있었다.

하지만 그녀의 얼굴에서 또 다른 얼굴을 읽어 낸 하시무라 유켄의 눈은 그 어느 때보다 커졌다.

"확실히 고문은 사람의 영혼을 병들게 하지. 그런데 이미 병든 영혼이라면 어떨까? 복수만을 갈구하는, 갈가리 찢긴 영혼 말이야. 그런 영혼을 가진 사람이 복수할 때 대미지가 있을까, 없을까?"

눈앞에 들어오는 여자.

분명히 처음 보는 여자다. 하지만 누구를 닮았는지는 알
것 같았다.

"기억하려나? 네가 고문해서 죽인 기자의 어머님이시다."

자식이 실종되었다는 것. 그건 부모에게는 고통스러운 일
이다.

그리고 그 실종의 진실이 고문으로 인한 처참한 죽음임을
알게 된다면, 이후의 삶은 살아도 산 게 아니다.

그들의 영혼에 들어 있는 것은 오로지 단 하나, 복수심뿐.

"맞아. 여기에 있는 대부분의 사람들은 너를 고문하지 못
하지."

노형진은 그 여자를 방 안으로 끌어당겼다.

그러자 문 뒤에서 들어오는 수많은 사람들.

"대부분의 사람들은. 하지만 사람이기를 포기한 다른 존
재라면 어떨까?"

오로지 복수만을 원하는 사람들.

"너는 얼마나 버틸까?"

안으로 들어오는 사람들을 보고 얼굴이 파래지는 하시무
라 유켄을 보며 노형진은 빙긋 웃었다.

"기대해 보겠어."

이것이 법이다

"끄아아악! 말할게! 말하겠어! 말하게 해 줘!"

벙커에서 하시무라 유켄의 비명이 터져 나왔다.

그러나 그를 보고 있던 남자는 아무런 표정도 짓지 않고 그에게 쇠막대기를 가져다 댔다.

"끄아아아악!"

순간 막 잡은 물고기처럼 펄떡펄떡 뛰는 하시무라 유켄.

그는 차라리 죽고 싶었다.

그러나 죽을 수가 없었다.

전기로 인한 고문은 죽을 정도로 강하지는 않았고, 이마로 떨어지는 차가운 물방울은 그가 어떤 생각도 못 하도록 계속 감각을 일깨웠다.

"제발…… 제발 죽여 줘!"

몸부림치는 그를 창문 너머로 보던 노형진은 상당히 불편한 얼굴로 바라보고 있는 우시마를 보고 피식 웃었다.

"속이 안 좋으신가 봅니다."

"네…… 좀…… 그러네요. 노 변호사님은 아무렇지도 않으신 겁니까?"

고작 열여섯 시간이 지났을 뿐이다.

하지만 하시무라 유켄은 차라리 죽여 달라며, 모든 것을 말할 테니 고통 없이 죽여 달라고 빌고 있었다.

"무섭네요. 별거 아니라고 생각했는데."

"인간이 인간을 고문하는 방법은 때로는 기가 막히죠."

하시무라 유켄은 일본의 훈련받은 요원이다.

당연히 만일에 대비해서 구타 등의 고문에 익숙해지도록 훈련받았다.

그러나 그러한 그조차도, 자신이 만든 이 고문은 이겨 내지 못했다.

"일단 이 정도라면 충분히 정보를 얻어 낼 수 있을 것 같습니다만."

"그럴 겁니다. 아니라고 하면 다시 오면 그만이고요."

"하지만 이걸로 이길 수 있을까요? 하시무라 유켄은 야베의 하수인입니다. 신동성이 직접 만나서 신동우를 고문해 달라고 했을 것 같지는 않은데요."

노형진은 어깨를 으쓱했다. 그리고 빙긋 웃으며 말했다.

"이제 그걸 찾아내야지요. 뭐, 야베는 알고 있지 않을까요?"

패배가 남기는 것들

"처음 뵙지요, 야베 전 총리?"

노형진은 야베를 만나러 가서 미소를 지었다.

"반갑군, 미스터 노. 그렇게 나를 괴롭혔는데 실제로 만나는 건 처음이군."

"그러게 말입니다."

"그래, 이 패장에게 찾아온 이유가 무엇인가?"

야베는 노형진을 당당하게 맞이했다.

그런 그를 보면서 노형진은 피식 웃었다.

"생각보다 당당하시군요. 그 많은 피를 보게 하신 분치고는요."

"그런 게 전쟁이지. 난 잘못한 게 없네. 오로지 조국과 신민을 위해 평생을 바쳤을 뿐. 만일 그게 실패했다면 패장으로서 당당하게 죽음을 받아들여야겠지. 그게 야마토 정신 아니겠나?"

'이 와중에도 야마토 정신이라니.'

노형진은 그런 그를 빈정거릴까 하다가 그냥 포기했다.

못 할 건 아니다.

사실 말로 싸워서 변호사를 이길 수 있는 사람이 얼마나 되겠는가?

'최후의 순간에도 과연 야마토 정신을 외칠 수 있을지, 그건 알 수가 없지.'

설사 외치지 못한다고 해도 자신은 상관없다.

"당신 말 중 하나는 맞네요. 당신은 졌고 나는 이겼지요."

"축하하네."

아주 당연하다는 듯 말하는 야베.

그런 그에게 노형진은 대놓고 물었다.

"다만 당신이 싸지른 똥이 문제란 말이지요. 신동우, 당신이 시킨 거 맞지요?"

"그게 누군가?"

"모르는 척하지 마십시오. 이미 하시무라 유켄이 다 불었습니다."

하시무라 유켄은 채 하루도 지나지 않아서 무너졌다.

그는 죽여 달라고 하면서 야베의 모든 범죄 사실을 인정하고, 관련 증거가 어디에 있는지까지 다 이야기했다.

"특별수사 본부에서는 그 증거를 회수했습니다. 그리고 공소를 준비 중이지요. 벗어나지는 못할 겁니다."

"하하하하."

크게 웃는 야베.

"그래, 인정하지. 내가 시켰네. 그래서? 뭐가 바뀌는가? 전쟁을 하기 위해서는 내부를 먼저 정리하는 게 당연한 일 아닌가?"

"내부 정리가 아니라 억울한 민간인을 죽이지 않았습니까?"

"억울한 민간인? 대일본국을 위해 충성하지 않고 거짓을 말하는 자들은 비국민이야! 그들에게 억울한 일이란 없네."

이미 죽음을 각오한 것일까? 야베는 거리낌 없이 당당하게 말을 이어 갔다.

"그들은 일본을 분열시키고 적에게 정보를 넘겨주고 일본의 명예를 더럽히려고 하던 자들이야. 그들은 적이네."

"명예는 잘못된 것을 안정하고 고치는 것에서 나옵니다."

"일본은 잘못된 게 없네!"

'또 시작이군.'

일본 특유의 문화라고 할까?

일본은 잘못을 인정하지 않는다.

그저 그게 사리지면 문제가 될 것도 없다고 생각한다.

다른 나라에서 잘못된 것을 고치는 것을 당연하다고 생각하는 문화 자체가 없다.

"그러면 말이 안 되지 않습니까? 일본은 잘못된 게 없다, 그런데 그 사람들은 뭔가를 터트려서 일본의 명예를 더럽히려고 했다? 뭔가 잘못된 것이 있으니 그들도 터트리려고 한 거 아닙니까?"

노형진이 논리적으로 말해 주려고 했지만 야베는 당당했다.

"그들이 말한 건 모두 거짓이야!"

"그 모든 증거가요? 그 높은 방사능 수치가?"

"그래! 일본국은 완벽해. 그런 비국민들이 말하는 거짓에, 일본은 결코 흔들리지 않아!"

노형진은 그걸 보고 혀를 끌끌 찼다.

'이러면 곤란한데.'

야베는 사실상의 확신범 타입이다.

즉, 자신이 잘못했다는 걸 결코 인정하지 않는다.

그렇기에 야베 입장에서 그가 받는 처벌은 처벌이 아니라 구국의 행동이다.

'뭐, 내가 말발로 이겨도 소용이 없겠군.'

이런 타입은 논리적으로 이겨도 사실상 의미가 없다.

자기 나름의 정신 승리를 시전하니까.

'하긴, 생각해 보면 그러네.'

일본과 한국이 경제 전쟁을 했을 때 패배한 것은 일본이다.

하지만 그들은 자신들이 승리했다고, 일종의 정신 승리를

이것이 법이다

해 왔다.

"그러면 간단하게 다시 묻지요. 신동우, 당신이 시킨 거 맞지요?"

"맞아."

"그리고 그걸 부탁한 것은 신동성이 맞습니까?"

"아니야. 그건 내가 독단적으로 한 것일세."

"독단적으로?"

"그러네. 신동우는 조센징의 스파이야. 그는 죽을죄를 저질렀어."

"그렇군요."

노형진이 생각보다 쉽게 고개를 끄덕거리자 야베는 눈을 살짝 찡그렸다.

"질문은 그게 끝인가?"

"그렇습니다. 나중에 뵙지요."

노형진은 고개를 끄덕거리면서 일어났다.

너무 짧은 면회에 야베는 어리둥절한 표정이 되었지만, 노형진은 더 이상 아무 말도 하지 않았다.

더는 물어볼 것도, 물어볼 필요도 없었으니까.

"뭐라고 하던가요?"

바깥에서 기다리고 있던 신동하는 노형진이 나오자 바로 달라붙어서 물었다.

재판이 다가오는 상황이니 입술이 바짝바짝 마를 수밖에 없었다.

"고문을 시킨 건 자신이 맞다고 하더군요."

"역시! 그놈이 그랬을 줄 알았어!"

"하지만 그걸 청탁한 게 신동성은 아니랍니다."

"네? 그게 무슨……."

"말 그대로입니다. 신동우를 미치게 만든 건 자신이 맞지만, 누군가로부터 청탁을 받고 한 일은 아니랍니다."

"아니, 그 말을 믿으시는 건 아니죠?"

상식적으로 야베가 신동우를 미치게 할 이유가 없다.

신동우 역시, 신동성보다는 못하다고 하지만 극우 세력이나 정치인들과 상당한 선이 닿아 있던 인간이다.

그런 자를 미치게 한 게, 청탁을 받아 한 일이 아니다?

"안 믿습니다. 하지만 야베의 행동을 보면 다른 이유가 있는 것 같더군요."

"그게 무슨 말씀입니까? 다른 이유라니요?"

"말 그대로입니다. 야베는 일종의 확신범입니다."

자신이 잘못했다고 생각하지 않고 자신이 저지른 모든 일을 인정한다.

그게 설사 정신 승리라고 할지라도 말이다.

"자신에게 잘못이 없다고 생각하니까 그게 가능한 겁니다. 당당하다는 거죠."

"그거랑 이번 사건이 무슨 관계가 있다는 거죠?"

"지금 야베의 행동은 자신을 당당하다고 표현하고 있습니다. 그런데 이건 인정하지 않고 있지요."

확실히 그건 확신범과는 어울리지 않는 부분이다.

실제 야베 입장에서는, 여기서 그걸 인정하든 말든 바뀌는 것은 없다.

사형은 피할 수가 없는 상황이니까.

그걸 알기에 당당하게 인정하는 거다.

자신이 고문하도록 시켰다고.

"그런데 유독 그것만 인정하지 않았습니다. 그 부분은 확신범의 프로파일과는 좀 다르죠."

노형진과 신동하가 입구까지 오자 차 한 대가 스윽 다가왔다.

그 차에 올라탄 노형진은 뒷좌석에 기대앉으며 계속 말했다.

"확신범은 모든 걸 당당하게 여깁니다. 그리고 자랑스러워하지요. 설사 수백만을 죽였다고 해도 말입니다."

그게 확신범이다.

그런데 어째서인지, 야베는 신동우 건에 대해서는 인정하지 않았다.

"더군다나 신동성은 한국인 핏줄입니다. 물론 정치적으로는 야베와 극우 세력과 친밀한 매국노의 핏줄이지만, 한국인들을 무시하는 극우 세력 입장에서는 쓰레기 핏줄이지요."

그에게서 뭔가 뜯어먹을 게 있는 정치인이라면 모를까, 그런 것도 없는 상황에서 왜 굳이 그를 보호하겠는가?

"극우 타입의 확신범들은 기본적으로 혐오와 아주 친밀하게 연결되어 있습니다. 야베의 경우는 한국인에 대한 혐오죠. 만일 야베가 여기서 신동성의 부탁으로 했다는 말 한마디만 하면, 대동은 일본 혈통에게 넘어가게 됩니다."

"으음…… 제가 안 친하지 않습니까? 저는 적이나 마찬가지고요."

노형진은 고개를 끄덕거렸다.

"적이나 마찬가지가 아니라 적이지요. 그래도 방법이 아예 없는 것은 아닙니다."

신동성의 부탁이었다고 해도 되고, 신동성과 신동하의 부탁이었다고 해도 된다.

어느 쪽이든, 제대로 한 방 먹일 수 있다.

"그런데 그는 신동성을 보호하는 걸 선택했습니다. 왜일까요? 그의 성향을 보면 그건 비정상적인 선택인데 말입니다."

"비정상적인……."

신동하는 한참을 침묵을 지키다 눈을 찌푸리며 나지막하게 중얼거렸다.

"신동성을 보호해야 하는 뭔가가 있다."

그 결과를 도출해 내는 데에는 얼마 걸리지 않았다.

거기까지 생각이 닿자 노형진은 신동하에게 물었다.

"야베의 가족은 어디에 있습니까?"

⚖

"사라졌습니다."

우시마는 담담하게 말했다.

"야베의 가족은 어디론가 사라졌고, 추적을 하고 있습니다만 쉽지 않습니다."

"공개해서 찾는 건 아니고요?"

"가족에게는 죄가 없으니까요."

아무리 일본이 막장 국가라고 하지만 죄도 없는 사람들의 얼굴을 공개하는 것은 아무래도 부담스러울 수밖에 없다.

"야베의 가족이 어떻게 되지요?"

"아내와 아들 하나, 딸 하나가 있는데, 자식이 둘 다 결혼해서 아들은 남자애 둘, 딸은 남자애 한 명과 여자애 한 명을 두고 있습니다."

총 아홉 명이다. 그들이 모조리 사라졌다.

"체포 계획은요?"

"그 부분도 애매하지요."

현대의 문명에서 연좌제는 인정되지 않는다.

물론 일부 독재국가나 공산국가에서는 적용되지만, 최소한 민주주의국가에서는 인정되지 않는 부분이다.

설사 그게 반역죄라고 해도 말이다.

"하지만 그것과 일본의 사회에서 살아가는 것은 전혀 다른 문제죠."

야베의 가족이라는 사실이 드러나면 그들은 자살 말고는 선택의 여지가 없다.

"하지만 그것과 별도로 재산은 빼앗기겠지요?"

"그러겠지요."

"대동, 아니 신동성이 그 가족들을 보호하고 있는 거로군요."

옆에서 신음을 내면서 신동하가 나지막하게 말했다.

"정체만 들키지 않으면 일본은 살 만한 나라니까."

야베가 빼돌린 재산은 어마어마하다.

그리고 그 재산은 대부분 현금이다. 아마도 현물일 수도 있고.

어느 쪽이든 확실한 건, 야베가 죽는다고 해도 그걸 쥐고 있으면 가족들이 신분을 감추고 사는 게 그다지 어렵지는 않다는 거다.

"재산을 빼앗지 않을 수는 없을 테고."

일본은 현재 상황이 어마어마하게 안 좋다.

야베가 싸지른 똥이 너무 많아서, 그 빚을 갚기 위해 총력을 기울이고 있는 상황이다.

당장 야베에게는 사형은 물론이거니와 그의 재산 이상의 추징금이 선고될 것이다.

그렇게 압류한 재산을 통해 일본은 빚을 갚으려고 하는 상황이다.

"일본 정치인들의 재산은 실로 어마어마하니까."

특히 야베는 그 안에서도 말 그대로 군계일학일 것이다.

야베가 집권한 지 벌써 12년이 넘어가고 있다.

그 기간 동안 얼마나 해 처먹었는지는 누구도 모른다.

"기존 한국 정치인들을 기준으로 생각하면…… 수조를 해 처먹었겠지."

그마저도 최소 수치다.

일본의 성향을 생각하면 수십조를 해 처먹었다고 해도 놀랄 일이 아니다.

"하지만 죄 자체는 무죄니까."

그 재산을 가지고 있는 것은 야베의 가족들일 것이다.

그러나 그들은 재산 문제는 있을지언정 반역자는 아니다. 따라서 연좌제로 그들을 추적할 수는 없다.

그러니 어찌어찌 잘 숨는다면, 그 돈은 그대로 그들의 돈이 된다.

이러나저러나 곧 죽을 운명임이 확실한 야베라면…….

"가족이 우선이겠지요."

그리고 가족이 그 돈을 가지고 안전하게 도주하기 위해서는 다른 누군가의 도움이 필요하다.

그 당시에 일본은 비행기도 배도 모두 잠겨 있었다.

즉, 다른 곳으로 탈출할 수 있는 방법은 없었다는 거다.

하물며 한국군이 올라오고 나서는 더더욱 그랬다.

전 세계가 일본으로의 운행을 정지시켰으니까.

"그래서 아직 일본 내부에 있을 거라 생각합니다만."

그랬기에 특수대에서는 그들을 찾아서 야베의 재산을 환수할 생각이었다.

"하지만 신동성이라면 그들을 대피시켰을 수도 있지요."

"네?"

"신동성은 대동의 회장입니다. 아무리 비행기가 막히고 배가 운행하지 않는다고 해도, 다른 나라로 그들을 대피시킬 수 있는 능력이 됩니다."

"설마?"

"사실 생각해 보면 그 부분이 이상했지."

신동우도 야베의 극우 세력과 손잡고 있는 사람이었다.

그건 신강수 역시 마찬가지.

물론 야베 아래에 있는 각자 다른 파벌의 정치인들과 손잡고 있었지만, 어찌 되었건 야베가 굳이 신동우를 공격할 이유는 하나도 없었다.

그런데 공격해서 미치게 만들었다.

"가족이라면……."

가족의 안전을 보장하는 조건이라면, 아마도 야베는 기꺼이 신동우를 버릴 것이다.

사실 야베 입장에서도 대동의 힘이 한쪽에 모여 있는 게 편하다.

노형진의 계략에 의해 대동은 세 개로 나뉘어서 싸우고 있었다.

그러나 그게 하나로 묶인다면, 한국에 대한 공격은 더더욱 쉽게 될 것이다.

'하지만 신동하가 도망가면서 일이 글러 먹은 거지.'

혼자 도망갔으면 그냥 들어오는 순간 잡으면 그만인데, 하필이면 일왕가를 데리고 가는 바람에 제대로 꼬인 것이다.

"신동성이 야베 일가를 데리고 있는 게 확실한 것 같군."

그러니 입을 열지 않는 것이다.

만일 자신이 입을 열고 가족이 발각당해 재산까지 빼앗기면, 야베의 남은 일가족은 국가 단위의 이지메를 당할 게 뻔하다.

그런 상황이라면 아무리 그들이 한때 권력을 잡았다고 해도 자살을 선택할 수밖에 없다.

"그렇잖아도 하시무라 유켄의 부모님이 자살했다고 하더군요."

아들이 남을 고문하고 거기에서 수익을 얻었다는 사실에 극도의 죄책감을 느낀 그의 부모는 목숨을 끊어 버렸다.

그런 일이 비일비재한 일본이다.

가족이 민폐를 끼치면 부모나 형제가 자살해 버리는.

"하지만 야베의 가족들이 그럴 놈들은 아닌 것 같고."

그런 사람들이었다면 어떻게 해서든 야베의 쿠데타를 막았을 것이다.

하지만 그들도 상류층의 삶을 살았을 테고 남에 대한 죄책감 따위는 없었을 것이다.

'씁쓸하군.'

어떻게 보면 진짜 왕정제인 다른 나라보다 훨씬 더 봉건적인 나라가 바로 일본이었다.

"야베의 가족들을 신동성이 감추고 있다면 어떻게 해서든 찾아야 합니다."

노형진은 잠깐 고민에 빠졌다.

당장 찾아가서 신동성을 족쳐 어디에 숨겨 놨는지 알아낼까?

'그건 무리지.'

신동성과 신동하는 소송 중이다.

당연히 자신을 만나 주거나 할 리가 없다.

거기에다 말해 줄 리는 없으니 기억을 읽어야 하는데, 과연 신동성이 자신의 접촉을 보고만 있을까?

'그럴 리가 없지.'

결국 다른 방법으로 찾아야 한다는 거다.

"야베의 가족이 마지막으로 목격된 것은 언제입니까?"

"그들은 야베가 항복하기 전날 천황궁에서 나갔습니다."

한국군이 시위대를 보호하기 시작하고 그걸 막기 위해 자위대가 출동했지만, 자위대 입장에서는 할 수 있는 일이 없었다.

결과적으로 자위대는 제대로 저항도 못 하는 상황에서, 일왕이 나타나 그들에게 항복하도록 명령을 내렸다.

일부 자위관들은 저항하기도 했지만 대부분은 전투를 두려워했고 애초에 그들의 정당한 명령권자는 일왕이었기에, 결국 대부분의 자위대가 항복하면서 유혈 사태 없이 종결되었다.

"그리고 야베는 천황궁에서 잡혔고요."

"그렇습니다."

그 말은 야베가 천황궁에서 가족들과 함께 있었다는 의미다.

그리고 야베의 항복 전날, 그들은 그곳을 빠져나갔다.

'기습적으로 배신했다고 들었는데, 만일의 사태에 대비한 건가?'

애초에 야베는 항복할 생각이 없었다.

그러나 마지막 순간, 천황궁을 지키던 자들은 야베를 현장에서 바로 체포하는 강수를 뒀다.

'하긴, 마지막은 거의 그냥 최후의 발악이나 마찬가지였으니까.'

전쟁을 할 수도, 그렇다고 도망을 갈 수도 없는 상황의 야베가 선택할 수 있는 것은 그다지 많지 않았다.

"일단 대동과 관련된 곳들을 모두 수색하겠습니다. 소유

하고 있는 별장이나 건물이 많으니 그런 곳들을 뒤지다 보면 야베의 가족도 찾을 수 있을 겁니다."

신동하는 진지한 표정으로 말했다.

그 가족들만 잡으면 싸움에서 승리할 수 있으니까.

하지만 노형진은 생각이 좀 달랐다.

"아니요. 그건 아닐 겁니다."

"네?"

"그들은 일본에서 못 삽니다. 어딘가의 건물에 숨어 있다면 발각될 가능성이 높습니다. 그리고 그 건물로 이동하기 위해서는 신동성이 언질을 해 줘야 했겠지요."

"당연히 그랬겠지요?"

더군다나 아무리 현금이 통화의 대부분을 차지하는 일본이라고 하지만, 현금으로 가지고 있을 수 있는 돈에는 한계가 있다.

'이런 경우는 거의 100%지.'

그렇다고 일본의 은행에 맡기지는 않았을 것이다.

그렇다면 어디에 뒀을까?

답은 나와 있다.

야베는 새로운 화폐를 만들려고 했다.

만일 엔화로 가지고 있다면 절대 그런 짓은 못 한다.

즉, 그가 가지고 있던 건 달러라는 거다.

'해외의 차명 계좌나 비밀 계좌.'

그런 곳에 돈을 감춰 놨다면 개혁을 핑계로 화폐를 바꾼다고 해도 문제가 될 것은 없다.

그리고 그 계좌에 접근하는 방법은 야베의 가족들이 알고 있을 테고 말이다.

"아마도 항구 쪽을 털어야 할 것 같군요."

"항구요?"

"네. 야베의 가족들은 분명 다른 나라로 도주할 생각이었을 겁니다. 해외에 계좌가 있다고 해도, 결국 그 돈을 꺼내기 위해서는 은행에 들어가야 하니까요."

하지만 일본에서는 그것이 불가능하다.

결국 그들 입장에서 가장 확실한 안전책은 해외로 튀는 것이다.

"야베는 알고 있지 않을까요?"

신동하의 말에 노형진은 고개를 흔들었다.

"알고 있겠지요. 하지만 말하지는 않을 겁니다. 말하게 할 수도 없고요."

하시무라 유켄의 경우는 외부에 드러난 인사가 아니기에 고문을 한다고 해도 문제 될 것이 없었다.

그러나 야베의 경우는 이미 외부에 드러난 인사이고, 일거수일투족이 다 중계되는 상황이다.

"야베는 그걸 알기에 저렇게 버티는 겁니다."

사형은 시킬 수 있을지언정 고문이나 가혹행위를 하는 건 문제가 될 수밖에 없다.

"현재 일왕가는 일본을 정상적인 민주주의국가로 만들기 위해 노력하고 있습니다."

그 상황에서, 아무리 반역 사범이라고 해도 고문을 하면 분명 문제가 생길 수밖에 없다.

"망할 새끼."

우시마는 이빨을 빠드득 갈았다.

야베가 십수 년 동안 나라를 망치는 걸 자신의 눈으로 똑똑히 확인했는데 그걸 보복할 방법이 없기 때문이다.

"끄응…… 그러면 가족들은 이미 해외로 튀었다고 봐야 하나?"

신동하 역시 노형진의 말에 수긍하듯이 고개를 끄덕거렸다.

"하지만 멀리는 못 갔을 것 같습니다."

"멀리 가지는 못했을 거라고요?"

"상황이 상황이니까요."

야베와 그의 세력이 진압되면서 다시 물건이 이동하고 배와 항공기가 운행하기는 하지만, 그렇다고 해서 모든 게 완벽해진 것은 아니었다.

검문과 검색은 더욱 꼼꼼해졌다.

야베와 손잡았던 극우 세력, 아니 반란 세력이 해외로 도주하려고 하리라는 건 너무나 당연한 일이었기에, 그들을 잡기 위해 항구와 공항의 검문검색을 강화하는 것 또한 당연한 일이었으니까.

"전처럼 대충 확인하는 것도 아니죠."

한 명 한 명 신분증과 얼굴을 대조하고 전산으로 확인까지 해 가면서 도주로를 막고 있는 상황이다.

그런 상황에서 야베의 가족이 공항을 통해 탈출했을 가능성은 낮다.

"그렇다면 남은 건 항구입니다."

항구에는 많은 물건들이 들어오고 나간다.

그리고 화물선 같은 경우는 워낙 크기 때문에 일본에서 검문검색을 한다고 해도 분명 놓칠 수 있는 가능성은 크다.

"하지만 탈출시킨 게 신동성이란 말이지."

신동성은 대동의 대표다. 그러면 대동의 힘을 이용했다는 건데…….

"대동에는 배가 없습니다."

신동하는 노형진의 시선을 느끼고는 고개를 흔들며 말했다.

"대동 역시 화물을 받기는 하지만, 직접 관리하거나 운행하는 배는 없습니다. 해선사가 없으니까요."

많은 곳에 손을 뻗은 대동이지만 해선사는 없다.

즉, 배를 이용해서 탈출시키기 위해서는 다른 해선사의 배를 이용해야 했다는 거다.

"하지만 그런 일에 나서 줄 기업은 없었을 것 같은데요."

다른 사람도 아니고 국가 반역자의 가족들을 탈출시키는 일이다.

작은 배도 아니고 큰 배라면, 그 책임은 기업이 지게 된다.

"그 정도라면 기업이 파산할 정도의 책임까지 지게 될 가능성이 큽니다."

걸리면 일본에서 당연히 보복이 들어올 테니까.

물론 선장이 몰래 할 수도 있지만, 반대로 선장이 고발할 가능성도 존재한다.

"그러면 어디로 갔을까요?"

노형진은 신동하를 물끄러미 바라보았다.

어쩌면 답은 생각보다 가까이에 있을지도 모른다.

"한국……이겠군요."

"네?"

"한국요?"

신동하와 우시마의 눈이 커졌다.

한국이라니, 생각도 못 해 본 곳이니까.

"큰 배는 없지만 작은 배는 쉽게 구할 수 있습니다. 신동성에게도 요트는 있을 테니까요."

"아!"

신동하가 요트를 이용해서 한국으로 탈출했다.

그렇다면 신동성이라고 못 할 거 없다.

사실 성능만 놓고 본다면 신동성의 보트가 더 좋을 것이다.

신동하의 보트는 다급하게 구한 중고이지만, 신동성의 보트는 주문생산일 게 뻔하니까.

"신동성의 보트라…… 그 부분은 생각해 보지 못했네요."

"공식적으로 신동성은 반군 세력도 아니니까요."

다만 기업인으로서 야베에게 협조한 것은 사실이나, 그 시기에는 당연한 일이었다.

만일 그 시기에 야베에게 협조한 기업인들을 죄다 잡아갔다면 현재 일본에서 정상적으로 굴러가는 기업은 없을 것이다.

그래서 일본에서도, 기업은 어지간하면 그냥 넘어가는 눈치였다. 어찌 되었건 일본은 경제적 위기가 확실하게 온 상황이니까.

"보트…… 허, 그러네요. 왜 그 생각을 못 했지?"

신동하는 어이없다는 표정이 되었다.

자신이 생각한 걸 신동성이 생각하지 못했을 리가 없다.

"그런데 왜 하필이면 한국입니까?"

"러시아에서는 너무 튀죠. 그리고 러시아는 사실상 독재 국가입니다."

만일 야베 가족의 정체가 드러난다면 러시아 비밀경찰에게 끌려가서 모진 고문을 당하고 감춰진 재산을 토해 내게 되어도 이상할 게 없다.

"중국의 경우도 그건 마찬가지고요."

물론 외모가 동양인이기에 러시아에서보다는 숨기 쉬울지 몰라도, 중국은 일본에 대한 원한이 심한 나라 중 하나다.

"그리고 지금 약해진 일본에 이빨을 드러내고 있는 게 중국입니다."

"그건 그렇지요."

'이것도 원래 역사에서는 없던 일이었는데.'

중국과 일본이 사이가 더 안 좋아지고, 중국에서는 대놓고 일본에 적대감을 드러내는 상황이다.

'그래서 도널드 올드먼이 조용한 거지.'

원래 역사에서는, 그는 대통령이 되자마자 주한 미군의 주둔비를 터무니없이 올려서 내놓으라고 갑질을 해 댔다.

하지만 일본이 무너지고 중국이 극단적으로 나오기 시작하면서 한국에 주한 미군을 도리어 늘리겠다고 협상을 걸기까지 한 상황.

'조만간 중국하고 경제적으로 대판 할 모양인데.'

물론 그때는 노형진이 미국 편에 붙을 것이다.

이미 중국의 약점은 두둑하게 잡고 있으니까.

싸움이 시작되면 중국은 걷잡을 수 없이 무너질 것이다.

'그건 나중 일이고.'

지금 중요한 건 야베의 가족들이다.

"그에 반해 한국은 좀 다릅니다."

한국인이 싫어하는 것은 일본인이 아니라 일본 정부다.

많은 일본인들이 한국에 와서 놀라는 것 중 하나가, 한국인이 일본인에게 적대감을 가지지 않는다는 것이다.

도리어 친절하다는 것에서 많이 놀란다고 한다.

"야베의 가족들이 한국으로 가도, 정치적인 위협이나 신체적인 위협은 없겠지요."

"하지만 한국은 천황가를 도와서 쿠데타를 진압한 나라입니다만?"

우시마는 말도 안 된다는 표정으로 말했다.

노형진은 그런 그에게 차분하게 말했다.

"그건 정치적인 문제입니다. 정작 한국인들은 일본인에게 아무런 감정이 없습니다."

거기서 진짜 교전이 벌어진 것도 아니고, 제대로 진압이 끝난 후에 소수의 일왕가 경호 팀을 제외하고는 모두 한국으로 돌아왔다.

그마저도 현재는 다 입국해서, 이제 일본에 남아 있는 한국군은 없다.

"일본인에게 누군가가 죽기라도 했다면 또 모르지만 그런 상황도 아닌 만큼, 한국인들이 일본인을 적대할 이유는 없습니다. 원래도 그랬고요. 그리고 다른 사람도 아니고 천황가가 한국으로 망명했습니다. 그리고 지금은 일본의 지도자가 되었지요. 외부적으로 볼 때 한국과 일본은 어느 때보다 친밀한 관계입니다."

"아!"

만일 이 상황에서 일본인이 한국을 돌아다닌다면 어떻게 될까?

아무런 문제도 없다.

아주 안전하게 돌아다니면서 먹고 마실 수 있다.

"한국인은 극우 세력과 일본인을 따로 구분해서 봅니다."

그리고 극우 세력은 절대 한국으로 들어오지 않는다.

특수한 목적이 있다면 모를까.

과거 극우 세력이 한국의 독도에 들어가서 반자이를 외친 일이 있었지만, 그런 목적 말고는 극우 세력은 한국에 들어오기 싫어한다.

진실을 알고 싶지 않으니까.

그들은 한국이 더 이상 미개한 나라가 아니고, 자신들보다 훨씬 안정적이라는 걸 인정하고 싶어 하지 않는다.

"즉, 한국에 있는 일본인들은 기본적으로 한국에 우호적인 사람들이라는 거군요."

신동하가 진지한 표정으로 턱을 문지르며 말하자 노형진은 고개를 끄덕거렸다.

"한국 속담 중에, 등잔 밑이 어둡다는 말이 있지요."

야베의 가족들이 한국에 숨어 있다면, 과연 그들을 찾아낼 방법이 있을까?

현실적으로는 불가능해 보인다.

일단 한국에는 야베 가족의 얼굴을 아는 사람이 거의 없다.

극히 일부 정치인들이나 알까?

거기에다, 한국은 숨어 있는 밀입국자에 대한 단속이 그다지 심하지 않다.

설사 한다고 하더라도 동남아나 중국인 쪽이 많은 노동시장을 중심으로 단속을 하는 편이다.

"하지만 야베의 가족들은 돈이 있으니까."

호텔방을 얻어서 생활해도 되고, 집을 얻어서 생활해도 된다.

"더군다나 신동성이 도와준다면 집도 어렵지 않게 구할 수 있었겠지요."

"한국에는 아직 대동의 라인이 살아 있으니까요."

자기들끼리 싸우느라고 한국에 대한 공격을 멈춘 것뿐, 한국의 대동 라인이 사라진 것은 아니다.

당연히 이제는 회장의 직함을 가진 신동성이 그걸 이용해서 빈집 하나 구하는 것도 어려운 일은 아닐 테고.

"한국에서 야베의 가족들을 찾는 게 쉽지는 않을 것 같은데."

노형진은 대충 상황이 그려졌다.

미국이나 다른 나라로 가기에는 너무 다급했고 또 멀었다.

더군다나 그런 나라로 가기 위해서는 기본적으로 항공기를 이용해야 한다.

그런데 항공기를 탈 수가 없으니, 한국 말고는 선택지가 없기는 하다.

"제가 나서서 뒤져 볼까요?"

"그래도 힘들 겁니다. 직함이라는 게 전혀 다르거든요."

엄밀하게 말하면 현재 신동하는 그저 주주일 뿐이다.

하지만 신동성은 회장 직함을 가지고 있다.

설사 주주가 90%의 주식을 가지고 있고 회장이 10%의 주식을 가지고 있다고 해도, 업무의 과정을 보자면 직원은 회장의 명령에 따라야지, 주주의 명령에 따라서는 안 된다.

"한국에 도움을 요청하는 건 안 될까요?"

"그건 진짜 애매하지요."

한국에서 야베의 가족들을 추적하려면 그들의 얼굴을 공개하고 공개수사를 하는 수밖에 없다. 그런데 그들은, 엄밀하게 말하면 형사적인 책임에 한계가 있다.

"한국 정부에서 만일 야베의 가족들에 대한 추적을 하면, 분명 내정간섭 이야기가 나옵니다."

시위대의 보호야 일왕의 도움 요청이 있었다.

일왕은 헌법상 일본의 최고 지도자이니 그건 문제가 안 된다지만, 그 이상은 문제가 될 수도 있다.

"더군다나 살아남은 극우 세력이 지금 일왕을 공격하는 이유가 그거 아닙니까? 외세를 끌어들였다는 것."

나라를 뒤집으려고 했던 놈들이 하는 어이없는 헛소리이기는 하지만, 문제는 그게 사실이다 보니 실제로 그걸 불만스럽게 바라보는 사람들도 분명 존재한다는 것이다.

"그러니 한국에 부탁해서 야베의 가족까지 잡는다고 하면 문제가 생길 겁니다. 한국 입장도 곤혹스러울 거구요."

한국도 민주주의국가다. 당연히 연좌제는 불법이다.

그런데 야베의 가족들이 야베와 별개로 불법한 행위를 저질렀음을 증명할 방법이 없다.

"야베의 아내의 경우라면 가능하지만."

야베의 아내는 온갖 사학 비리가 발각된 상황이다.

하지만 자식의 경우는 그게 힘들다.

만일 그 둘이 따로 움직이면 그때는 진짜 방법이 없다.

"야베의 아내 역시 나이가 많으니까요."

그녀도 죽음을 각오하고 입을 열지 않을 가능성이 높다.

"흠⋯⋯."

노형진은 턱을 문지르다가 씩 웃었다.

"꼭 잡을 필요가 있습니까?"

"네?"

"이런 말 하긴 그렇지만, 우리가 야베에게 필요로 하는 건 신동성이 시켰다는 말 한마디지 그 가족들 문제는 사실 상관이 없거든요."

당황한 눈치의 우시마.

그리고 노골적인 노형진의 표현에, 신동하는 더욱 당황했다.

"그러면 야베의 가족은 추적하지 않으시겠다는 겁니까?"

"그건 제가 할 수 있는 영역의 문제가 아닙니다. 지금까지 말씀드렸다시피, 그 부분은 정치의 영역입니다."

일본과 한국이 협상해서 수사하는 건 노형진이 해 줄 수 있는 부분이 아니다.

"그리고 엄밀하게 말하면, 지금 상황에서는 신동성을 무너트리는 게 우선 아닐까요?"

"어째서요?"

"그들을 숨겨 준 건 신동성입니다. 그러니까 신동성이 무너지면, 야베의 가족들이 어디에 있는지는 어렵지 않게 찾을 수 있겠지요."

"그럴 수도 있겠네요."

노형진의 말에 우시마는 고개를 끄덕거렸다.

"그렇다면……."

노형진은 머릿속에 좋은 생각이 스치는 것을 느끼며 미소 지었다.

"야베의 가족사진, 구할 수 있겠습니까?"

"그거야 어렵지 않습니다만."

"그러면 야베에게 재미있는 프로그램 하나를 소개해 줘야겠군요. 후후후."

⚖

야베는 감옥에 있었다. 하지만 그는 당당했다.

'그래, 내가 죽어도 내 가족은 안전하게 살 수 있을 거야.'

웃긴 일이었다.

한국을 그렇게나 싫어했는데, 자신이 몰락하게 되자 현실적으로 가족을 도피시킬 수 있는 곳은 오로지 한국뿐이었다.

'모든 게 끝났지만 가족은 살아남았다. 그거면 된 거야.'

몰락해서일까?

그동안 정치적인 문제에 대해 그렇게 치열하게 싸우던 그가 오로지 가족을 지키기 위해 입을 다물고 있었다.

물론 불편하지 않은 것은 아니다.

하지만 자신의 목숨으로 가족을 지킬 수 있다면 기꺼이 그리하겠노라 하는 게 그의 생각이었다.

그는 그렇게 생각하면서 TV를 켰다.

사람들은 교도소에 TV가 없을 거라 생각하지만 사실은 있다.

다만 외부처럼 상시 틀어 주는 게 아니라 공식적으로 일과가 끝나는 6시 이후에 틀어 주며, 그마저도 자유롭게 보는 게 아니라 교정 당국에서 사전에 녹화한 걸 검열하고 나서 틀어 주지만 말이다.

대부분은 시사 프로그램이나 뉴스다.

—오늘 야베 전 총리의 일가족이 한국에서 체포되었습니다. 야베 전 총리는 지난번 쿠데타로 인하여 현재 인신 구속 중입니다. 야베 전 총리의 가족들은 보트를 이용하여 한국으로 도피하던 중 제보에 의하여 현장에서 체포되었습니다. 일본은 한국에 범죄인도를 요구하는 한편……

뉴스를 보고 있던 야베의 얼굴은 그대로 굳어져 버리고 말았다.

뉴스 속 영상에서, 자신의 가족들이 경찰들과 기자들에게 둘러싸여서 경찰서로 들어가는 것이 보였다.

그들은 최대한 몸을 수그린 채 얼굴을 가리고 있었다.

하지만 그는 알 수 있었다.

그들이 정말 그의 가족들이라는 것을.

"안 돼!"

야베의 고함 소리가 감옥 안을 울려 퍼졌다.

⚖

"사람들은 뒷모습만 봐도 알 수 있다고 하지요. 하지만 그건 착각입니다."

정확하게 표현하자면 평소에 하던 머리 모양, 체형 등이 일치한다면 뒷모습만 보고도 '아, 내 가족이다.'라고 알 수가 있는 거다.

현실적으로 긴 머리였다가 짧은 머리가 되거나 짧은 머리였다가 긴 머리가 되거나 긴 머리를 땋아 버리거나 하면 뒷모습만 보고는 쉽게 판단할 수가 없다.

"그리고 교도소는 모든 방송을 통제하니까요."

노형진은 연기자를 동원해서 가짜 뉴스를 만들었다.

일본의 아나운서를 이용해서 진짜처럼 가짜 뉴스를 만드는 건 어려운 일이 아니었다. 일본 방송국도 현재는 일왕의 눈치를 보고 있는 상황이니까.

그 덕분에 평소 나오는 8시 뉴스의 아나운서가 나와서 뉴스를 보도했기 때문에 의심을 살 여지는 없었다.

"그리고 야베는 그걸 봤고, 또 알게 되었죠."

가족들이 한국 경찰에 잡혀 들어가는 것을, 그리고 조만간 일본으로 송환된다는 것을.

"일본으로 오는 순간 그들의 미래는 결정됩니다."

그들은 일본으로 오는 순간 전 국민의 왕따 대상이 되고 생존조차도 불가능하게 된다.

그게 야베가 가장 두려워하는 것이다.

돈이 있다면 좀 나아질 수도 있겠지만, 과연 새로 들어서는 일본 정부에서 야베의 돈을 방치할까?

"그래서 야베가 다급하게 보자고 한 거군요."

야베는 방송이 나가자마자 책임자를 불러오라며 소리를 질러 댔다.

지금까지의, 자신은 당당하다고 외치던 그와는 상반된 모습.

"그럴 겁니다. 하지만 절대 물러나시면 안 됩니다. 제가 이야기한 거 아시죠?"

"알지요."

"그러니 제 이야기에 맞춰서 말해 주시면 됩니다."

"걱정하지 마십시오. 야베의 혼을 쏙 빼놓을 테니까."

노형진의 말을 들은 우시마는 고개를 끄덕였다.

그리고 두 사람은 야베가 기다리는 감옥으로 들어갔다.

야베는 접견실에서 초조한 표정으로 기다리고 있었다.

"야베 전 총리, 무슨 일이십니까?"

"내 가족들은!"

"말씀드릴 부분은 없습니다. 뭐, 이제는 만날 일도 없을 테고요."

"뭐?"

"아직 한국에서 심사 중입니다. 그들이 온다고 해서 당신을 만날 수 있을까요?"

불가능하다. 그들이 올 때쯤이면 이미 야베는 죄가 확정되어서 사형을 기다리는 중일 테니까.

"죄수가 다른 죄수를 면회하는 경우는 없거든요."

"내 가족은 건드리지 마!"

"뭐, 건드리지 말라고 해도 이미 선은 넘었습니다."

우시마가 말하고 있는데 노형진이 살짝 끼어들었다.

"검찰을 그렇게 훈련시킨 건 당신 아니었습니까?"

"그, 그건……."

일본 특유의 인질 사법 시스템. 그걸 가장 잘 이용한 것이 바로 야베였다.

마음에 안 들면 그렇게 죄인으로 만들어서 전 재산을 빼앗아

버리고, 그래도 안되면 납치해서 고문하여 미치게 만들었다.

"가족들에게 편지 정도는 전해 드리지요. 뭐, 가족들도 당신 따라 금방 올라갈 것 같지만. 죄수들이 참 좋아할 겁니다. 야베 가족이라고 하면 말이지요. 애들이 고아원에서 잘 적응할 수 있으려나 모르겠네요."

우시마는 피식피식 웃으며 야베를 자극했다.

그리고 야베는 그런 모습에 점점 무너졌다.

신념으로 가면을 쓰고 있다고 해도, 결국 야베가 가진 건 거짓뿐이었다.

권력욕이었고, 일종의 본능이었다.

그러나 이제 그게 무너졌다.

권력은 사라졌고, 야베의 가족들은 이제 일본에 오면 자살 말고는 답이 없다.

"걱정하지 마세요, 제가 쫓아다니면서 꼼꼼하게 알려 드릴 테니."

노형진은 무너지는 야베에게 차갑게 말했다.

쉽게 말해서 절대로 편하게 살게 두지는 않겠다는 소리다.

"어째서…… 어째서 이렇게까지 하는 건가?"

"어째서라니요? 저희는 그냥 당한 대로 돌려드리는 것뿐입니다. 각오하고 하신 거 아니었나요?"

"……."

"공자의 명언 아시죠? 복수의 여정을 시작하기 전에 두 개의 무덤을 파라."

정확하게는, 복수를 하기 위해서는 자신의 무덤도 파 두라는 거다.

그만큼 마음을 독하게 먹으라는 뜻이다.

"각오하고 시작하신 분이 왜 그러십니까?"

노형진의 말에 야베는 부들부들 떨었다.

각오하지 않았으니까.

그는 당연히 자신이 이길 거라 생각했다.

한국이 끼어들 거라 생각도 못 했고, 천황이 도망갈 거라고도 생각하지 못했다.

반드시 이긴다는 확신을 가지고 시작한 일이었다.

그러나 현실은 패배.

그는 그저 죄수일 뿐이다.

"모두가 당신을 위해 목숨을 걸지는 않습니다, 야베 전 총리. 그건 신동성도 마찬가지고."

"뭐?"

고개를 번쩍 드는 야베.

노형진이 던진 떡밥을 그대로 집어삼킨 것이다.

"당신이 끝장이 났는데 신동성이 그들을 언제까지 지켜 줄거라 생각했습니까? 당신도 알 텐데요, 신동성의 성격을? 그는 이득을 위해서는 가족도 없는, 피도 눈물도 없는 사람이지요."

이것이법이다

야베가 그런 신동성의 성격을 모를까?

그럴 리가 없다.

그의 부탁을 받아서 신동우를 미치게 한 것이 바로 야베다.

"당신은 끝장났고, 일본의 경기는 개판이 되었지요. 그리고 대동을 신동성이 차지하기는 했지만, 대동은 사실상 거덜이 난 상태입니다. 한국에서는 그런 걸 빛 좋은 개살구라고 하지요."

세 사람의 내전과 일본 경기의 극단적 침체, 그리고 한국에서의 몰락과 동남아 시장 축소 등 대동은 악재란 악재는 다 겪고 있는 상황이다.

"그런데 당신 가족들이 빼돌린 그 비밀 계좌를 신동성에게 줄 건 아니지 않습니까?"

노형진의 말에 입을 다무는 야베.

노형진이 어떻게 알았는지 의심스러워하는 눈빛이었다.

'당연한 거 아냐? 비밀 계좌가 없는 정치인이 어디 있어?'

다만 그 안에 들어 있는 자금이 얼마나 되는지가 다를 뿐이다.

하다못해 남편도 아내 몰래 딴 주머니를 차는 세상인데 정치인의 비밀 계좌야 당연한 것 아닌가?

"그래서 신동성에게 거래를 요구했지요."

우시마는 이쯤에서 슬쩍 꼬리를 잘랐다.

"대동을 건드리지 않겠다. 사실 대동을 건드리면 우리 입장에서도 그나마 버티는 경기마저 무너지니까. 그 대신에 야베의 가족을 내놓아라. 그러면 정부의 우선 협상 대상자로 정해 주겠다."

쉽게 말해서 정부 물품이 필요할 때 가장 먼저 대동에서 구입하겠다는 소리다.

"아시겠지만 지금 개판이거든요."

야베 시절에 맺었던 모든 계약을 다 재검토하고 있고, 그 과정에서 온갖 비리가 다 터져 나오고 있다.

하다못해 볼펜에 대한 공급계약에까지 돈이 왔다 갔다 하던 상황.

"그걸 잡으면 대동도 버틸 만하겠지요."

일단 대동은 그러한 용품들을 유통시키는 유통업이 주력이니까.

"그러니까 조용히 내주던데요."

이죽거리는 우시마.

동시에 야베의 얼굴에는 분노가 가득해졌다.

"설마 진짜로 신동성을 믿은 겁니까?"

"이거 빠가 아냐?"

명백한 비웃음.

그리고 그 비웃음에 야베는 눈이 돌아갔다.

가족들이 이대로 잡혀가도록 둘 수는 없다.

최소한 해외로 빼돌릴 수만 있다면, 돈은 포기해도 어떻게

든 살아갈 수 있을 것이다.

그는 그런 생각이 들었다.

이제는 돈의 문제가 아니라 생존의 문제였다.

"우리 애들을 해외로 보내 주게."

"우리가 왜요?"

"그들에게는 반역 혐의가 없지 않나!"

"아내분의 혐의를 모르시나 보네. 사형은 면해도 평생 감옥에 사셔야 할 텐데."

우시마의 차가운 말.

그런 우시마에게 야베는 다급하게 매달렸다.

"그것도 아내가 혼자서 한 일이야! 자식들은 아무런 잘못도 없네!"

그건 맞는 말이다.

연좌제는 금지니까, 그걸로 자식을 처벌할 수는 없다.

"그건 곤란합니다만. 당신한테 원한이 많거든."

차가운 눈빛으로 바라보는 우시마.

그때 그런 우시마의 분노에 찬 시선을 노형진이 막았다.

"그래서, 당신은 뭘 줄 수 있는데?"

"뭐?"

"이쪽 우시마 씨가 원하는 건 당신의 가족들이었지. 정확하게는, 당신이 가족들을 이용해서 빼돌린 돈. 그리고 일본 정부는 그걸 얻었지. 그렇다면 나에게도 뭐든 남아야 하지 않겠어?"

"형진 상!"

예상치 못한 노형진의 발언에 눈을 크게 뜨고 따지려고 하는 우시마.

하지만 이어지는 노형진의 말에 그는 입을 다물어야 했다.

"뭐든 기브 앤드 테이크입니다. 당신들을 위해 내가 양보했으니, 당신들도 뭐든 양보를 좀 해야지요."

"끄응…… 그건…….."

"욕심 부리지 맙시다. 당신들에게 사정이 있듯이 우리 쪽에도 사정이 있는 법이니까."

그렇게 말한 후 노형진은 야베를 바라봤다.

"간단하게 말하지. 신동성의 비리를 건네. 우리가 대동을 먹은 후 당신의 자식들이 해외로 나갈 수 있게 해 주도록 하지. 최소한 생활은 가능하게 말이야."

노형진의 말에 야베에게는 혼란이 찾아왔다.

확실히 노형진의 힘이라면 가족들을 해외로 빼돌릴 수는 있다.

"단, 범죄를 저지르지 않았다는 조건하에. 일본 정부에서 처벌하겠다고 하면 나도 막지는 못해. 당연히 당신의 아내 역시 내보내지 못하겠지."

"……."

"하지만 자식들은 살 수 있을 거야. 아마도 말이지."

이것이 법이다

자식들을 살릴 수 있는 유일한 방법. 그건 노형진의 손을 잡는 것뿐이었다.

'물론 아들과 딸은 살아도 사는 게 아니겠지만.'

야베처럼 쿠데타를 일으키거나 야베의 아내처럼 경제 범죄를 저지른 건 아니지만 그들이 자신들의 힘, 아니 아버지의 힘을 이용해서 자잘한 범죄를 저지른 건 사실이다.

그리고 그 처벌을 받을 수밖에 없는 상황이고.

'하지만 며느리와 사위 그리고 손자 손녀는 이야기가 다르지.'

그들은 해외로 가서 살 수 있을 테고, 야베 입장에서는 당연히 그것만 해도 감지덕지였다.

"거래 조건은 여기까지입니다. 거절한다면 더 이상 여기에 올 일도 없습니다, 야베 전 총리."

마지막이 되어서야 정중하게 말하는 노형진.

그러나 그 내용은 지극히 무거웠다.

"자, 그래서 증거는?"

"증거는……."

아귀다툼

"신동성! 네놈을 살인 교사 혐의로 체포한다!"

"뭐…… 뭐야! 놔라, 놔! 내가 누구인 줄 아느냐!"

"알지, 살인 교사범 신동성. 네놈이 언제까지 그 자리에 있을 거라 생각하나!"

경찰은 대동으로 들이닥쳐서 신동성을 체포했다.

그리고 그런 경찰을 따라온 신동하는 자신의 마지막 남은 혈육이 잡혀가는 것을 물끄러미 바라보았다.

"신동하! 네놈이냐? 네놈이지! 내가 이렇게 끝날 것 같아!"

발악하는 신동성.

그러나 신동하는 그를 무시하고 천천히 회장실 안으로 들어갔다.

그리고 스윽, 회장실의 테이블을 손으로 만졌다.

자신의 아버지였던 인간이 있던 자리.

그리고 자신의 형제가 있던 자리.

그는 그대로 의자에 털썩 주저앉았다.

그리고 손을 휘휘 저었다.

"가자!"

"으아아! 놔! 놓으란 말이다! 나는 대동의 회장이다!"

몸부림치며 나가는 신동성.

비서실에서는 그런 그를 당혹스러운 표정으로 바라볼 뿐
이었다.

문밖에서 그 모습을 보던 노형진은 회장실 안으로 들어와
문을 닫았다.

그때 신동하가 자리에서 일어나 책상에 있던 회장 명패를
들어서 쓰레기통에 집어넣었다.

"기분이 어때요?"

"나중에 물어봐 주세요. 아직은 아니니까."

"아직은 아니긴 하지요."

노형진은 그렇게 말하면서 고개를 끄덕거렸다.

신동하는 천천히 회장실을 돌아다녔다.

족히 100평은 되어 보이는 공간.

거대한 대동이라는 제국을 지배하는 황제의 공간.

"화장실이 제가 살던 집보다 더 크네요."

"여기서 살지는 마시고."

"그럴 리가요."

그는 의자에 기대앉아서 눈을 질끈 감았다.

평생을 두려움의 시선으로 바라보던 그 자리에 자신이 앉아 있는 것이 꿈만 같았다.

"이제 어떻게 될까요?"

"싸움은 더 커지겠지요."

노형진은 회장석의 앞에 있는 고급 소파에 털썩 주저앉았다. 신동하는 그런 노형진의 앞에 자리를 잡았다.

"신동성은 날아갔습니다. 그리고 여기는 무주공산이 되었지요."

노형진은 힐끔 회장석을 바라보았다.

신동하가 대동의 대주주이지만, 대주주 중 한 명일 뿐이다.

"신동성이 죄인이라고 해서 그 주식을 집행하지 못하는 건 아닙니다. 상황은 여전히 똑같다고 볼 수 있지요. 아마 더 불리해졌다고 봐야 할까요?"

신동성은 죽어도 신동하가 대표가 되는 꼴은 보지 않으려할 것이다.

그리고 법원에서는 제3자에게 신동성의 주식의 대리를 맡길 가능성이 크다.

"아마도 신동성은 그를 편들어 주겠지요. 신동하 씨에게 줄 리는 없으니까."

"으음……."

쉽게 말해서 일 대 일 대 일에서 이 대 일이 된 상황이라는 거다.

"신동성은 감옥에서 못 나올까요?"

"못 나올 겁니다. 야베답다고 해야 하나요?"

사실 노형진은 신동우 건으로만 신동성을 노렸다.

하지만 야베는 이미 신동성을 쥐고 흔들기 위해 조사를 마쳐 둔 상황이었다.

"기억하십니까, 신동성이 초반에 야쿠자를 끼고 임직원들을 협박한 거?"

"네, 기억합니다. 설마……?"

"맞습니다. 그 녹음 파일도 있더군요, 어떻게 구했는지는 모르지만."

그 파일에는 신동성이 야쿠자에게 자신의 말을 듣지 않는 사람들을 죽이라고 한 목소리도 녹음되어 있었다.

"녹음된 대상만 일곱 명입니다. 그리고 그중 여섯 명의 사망이 확인되었습니다. 한 명은 미국으로 도망갔더군요."

하긴, 주변 사람들이 하나둘 죽어 나자빠지는데 가만히 기다리다가 일본에서 죽고 싶지는 않았을 테니까.

"그래서……."

아무리 신동우가 한국 공략에 힘쓰고 있었다고 해도 본진은 일본 대동이다.

그런 본진이 왜 돌변했나 싶었더니 이유가 있었던 것이다.

"죽든가 배신하든가 도망가든가, 셋 중 하나였으니까요."

'어쩐지 회귀 전에도 신동성이 너무 쉽게 이겼다 싶었어.'

회사는 조직이다.

중간 관리자들이 모조리 신동성에게 붙어 버리면, 신동우가 제아무리 잘났어도 이길 수가 없다.

"어찌 되었건 현 상황에서 일본에서는 새로운 누군가를 대리인으로 선임해서 회장으로 뽑으려고 할 겁니다."

그리고 그때의 대동은 순수 일본 기업이 될 것이다.

조센징이 운영하는 애매한 일본 기업이 아니라.

"그리고 저는 그 과정에서 처리되어야 하고요."

신동하는 긴 한숨을 쉬었다.

"맞습니다. 죽이지는 않겠지만, 회장 자리는 무조건 빼앗으려고 하겠지요."

신동하는 씁쓸한 표정을 지었다.

"세상에 편한 게 하나도 없네."

"원래 그런 거죠."

노형진은 피식 웃으며 말했다.

"그래서 우리가 그 준비를 하는 거고요."

노형진은 목이 마른 듯 일어나서 냉장고에서 음료수를 꺼내어 마시며 말했다.

"현재 조사에 따르면 대리인으로 가장 가능성이 높은 건 무토 케이라는 정치인입니다."

노형진은 자신의 가방에서 서류 하나를 건넸다.

그걸 받아 든 신동하는 고개를 갸웃했다.

"무토 케이? 누굽니까? 들어 본 적이 없는데."

"당연하지요. 유명한 정치인은 아니니까요. 정치인이라고 할 수도 없겠네요."

법원에서 직권으로 대리인을 선임해 주는 것은 '내가 가서 대리인을 하겠습니다.'라고 해서 되는 게 아니다.

당연히 그 안에도 정해진 풀이 있고, 그중 한 명을 뽑는 것이다.

"무토 케이는 원래 자민당 도쿄시당의 대표였습니다. 하지만 5년 전에 그만뒀지요."

국회의원은 국민이 뽑는다.

하지만 각 도시의 대표들은 국회의원이 아니라 당에서 뽑은 사람들이다.

국회의원이 그걸 함께 하면 너무 복잡해지고 일도 많아지기 때문이다.

무토 케이는 그 일을 하다가 5년 전에 일신상의 이유로 은퇴를 했다.

그 덕분에 이번 검화도 피해 갔다.

정치에서 은퇴한 후에는 법원에서 대리인으로 소소하게 일하고 있는 사람이다.

"일신상의 이유라는 건……?"

"기록되어 있지 않습니다. 하지만 좋은 건 아니라고 생각합니다."

만일 건강상의 이유였다면 병원에 입원하든가 요양이라도 가야 했다.

하지만 그는 여전히 도시에 살고 있고 딱히 어디 가지도 않았다.

"섹시 신지로에게 밀렸다고 생각합니다만."

"네? 섹시 뭐요?"

"아…… 크흠, 아닙니다. 그런 놈이 있습니다."

아직 전면에 등장하지 않은 정치인.

아버지를 등에 업고 정치를 시작한 그는 추후 정계에서 환경 문제는 섹시하게 대응해야 한다는 헛소리를 함으로써 '섹시 신지로'라는 별명을 얻는다.

물론 아직 벌어지지 않은 일이다.

'시기가 공교로우니까.'

그가 정치를 시작하고 지역구를 넘겨받는 시점에서 무토 케이가 은퇴했다.

'아마도 무토 케이는 그 자리를 노린 것 같은데.'

그런데 뜬금없이 아들이라는 놈이 정치를 하겠다고 나섰으니 불만을 가졌고, 그 때문에 퇴출된 게 분명했다.

아무리 그가 오래 정치를 했어도 상대방은 전 총리의 아들이니까.

"그 이후에 법원에서 대리인으로서 살아왔지요. 그리고 조사해 본 바에 따르면 현재 그 안에서 가장 권력과 가까이 있는 사람은 무토 케이입니다."

아무리 은퇴했다고 해도 정치적인 라인이 끊어진 것은 아니다.

"사실상 재판부는 여전히 바뀌지 않았으니까."

당연히 극우 세력을 지원하는 자를 선택할 가능성이 높다.

"더군다나 이번 건으로 인해 자민당은 발등에 불이 떨어졌지요."

대다수의 자민당 의원들이 쿠데타 혐의로 잡혀갔고 내부에서도 적지 않은 당원들이 잡혀갔다.

직접적으로 쿠데타를 일으킨 건 아니지만 야베가 그들에 의해 선출된 것은 사실이니까.

"아! 그렇겠네요. 자민당이 살아남기 위해서는 적지 않은 돈이 필요하겠네요."

그리고 그 돈을 댈 수 있는 곳은 그다지 많지 않다.

이미 일왕가에 찍혀 있다는 걸 아니까.

"하지만 그들이 결정할 수 있다면 이야기가 달라지지요."

무토 케이를 이용해서 자신들의 세력을 회장으로 추대하고 그 후에 돈을 빼돌려서 살아남는다.

불가능한 계획은 아니다.

이것이법이다

신동성도 막장으로 나가는 상황인 만큼 그렇게 하지 말라는 법도 없다.

신동성 입장에서는 풀려날 수가 없을 테니까.

"어쩌면 풀려나는 조건으로 그런 협상을 할 수도 있고요."

사형을 당하느냐 아니면 재산을 넘기느냐. 답은 나와 있다.

"그러면 외부에서 다른 대표를 데리고 온다는 건데, 그러면 누가……."

전문 경영인이라는 이름으로 외부에서 데리고 오는 건 가능하다.

그러나 그가 순수하게 진짜 경영인일 가능성은 높지 않다.

"설마 무토 케이가?"

"그건 불가능할 겁니다."

무토 케이는 대리인일 뿐이고, 회장이 되기 위한 능력 검증 같은 건 전혀 된 적이 없다.

"우리뿐만 아니라 다른 주주들도 있으니까요."

대동의 내전 때문에 많은 주식이 세 사람에게 모였다고 하지만 외부에 남아 있는 주식이 없는 것은 아니다.

무토 케이가 자신이 회장이 되겠다고 나선다 한들 그들이 도와줄 것 같지는 않다.

미간을 찡그리며 잠시 생각에 잠겨 있던 노형진이 중얼거렸다.

"대충 각은 나오는데……."

"각?"

"네, 각은 나옵니다."

"그렇지, 각 나오지."

노형진은 후보로 올라온 사람의 이름을 보고 피식 웃었다.

사토 슌지. 일본의 전문 경영인이다.

지금까지 일한 회사가 총 세 곳이다.

"사신 슌지로군."

유민택은 노형진과 함께 후보로 올라온 그의 이름을 보면서 착잡하게 말했다.

"사신 슌지요?"

"그래. 자네는 잘 모르겠군. 사토 슌지는 뒷정리, 그러니까 칼질 전문가야."

좋게 말하면 경영 정상화, 나쁘게 말하면 돈 안 되는 건 다 잘라 내는 역할을 주로 하는 사람이다.

욕먹을 일을 다 처리하고 나와서 다른 기업으로 이직.

그게 사토 슌지의 일반적인 패턴이었다.

"경영 전문가라기보다는 회생 전문에 가깝지."

"이해했습니다. 그런 타입이 있기는 하지요."

의외로 그런 사람들은 여기저기 많이 불려 다닌다.

누구도 칼질을 하며 욕먹는 걸 좋아하지 않기 때문이다.

"대동의 상황이 좋지 않은 건 사실이니까."

합리적인 상황이다. 보통은 말이다.

하지만 그 안에 있는 뒷이야기를 노형진이 모를 리가 없다.

기업의 회생. 그건 단순히 기업의 노력만으로는 안 된다.

사회의 지원도 필요하다는 뜻이 아니다.

"정치인들과 선이 많은가 보군요."

"맞아. 살아남기 위해서는 돈도 써야 하는 법이니까."

당장 한국도 공적 자금이 들어갈 때는 우선순위가 정치인들과 얼마나 친하냐다.

미래의 가치? 현재의 규모나 회사원들의 생존?

그런 것도 중요하지만, 그 모든 것이 정치인의 전화 한 방으로 뒤집어진다.

"어떻게 알았나?"

"너무 당연한 일 아닙니까? 피바람을 불러일으키면 흔들리는 건 정치입니다."

일가족이 죄다 길거리에 나앉게 되면 정치적 지지율이 떨어지지 않을 리가 없다.

당연히 그걸 막기 위해 정치인들이 다가올 테고, 그들을 눈감게 하기 위해서 적당한 뇌물은 필수다.

"한국이나 일본이나 마찬가지 아니겠습니까?"

노형진의 말에 유민택은 씁쓸하게 웃었다.

"일단 우리 정보로는 그 정도네. 그런데 일본 법원이 신동하에게 권리를 줄 가능성은 낮은 건가?"

"현실적으로는 높지 않습니다. 정치적 문제를 완전히 배제한다고 해도 말이지요."

신동하와 신동성이 사이가 안 좋았던 것은 당연한 일이다.

거기에다 신동하가 신동성을 무너트리기 위해 수를 쓴 것도 사실이다.

"재판부에서 그걸 모르지는 않을 테니까요."

일반적으로 대리인을 선임할 때 가족이 우선이기는 하다.

그러나 이런 내전은, 가족 우선을 따지기에는 한계가 있다.

"재판부를 잘 만나면 가능할지도 모르겠습니다만."

"지금 재판부는 아니라는 거군."

노형진은 고개를 끄덕거렸다.

이미 후보가 올라왔다는 시점에서 확정적인 것이나 마찬가지다.

정상대로라면 판결 이후에 대리인을 선임하고, 대리인이 대표를 뽑을 때 의사표시를 한다.

"아무리 빨라도 지금쯤은 기껏해야 대리인 후보를 정하는 정도가 정상입니다."

그런데 그걸 넘어서 차기 경영자 이야기까지 나온다는 것은, 이미 재판부에서 답을 정해 놨다는 의미다.

"그러니 우리는 차기를 노려야 합니다."

"차기라 하면?"

"현재의 재판부가 아니라 차기 재판부를 말이지요."

노형진은 진지하게 말했다.

"차기 재판부를 통해 사건을 뒤집고 권리를 가지고 올 생각입니다."

"지금 재판부는?"

의문으로 가득한 유민택의 얼굴을 보며 노형진은 빙긋 웃었다.

"일본 감방 음식 시식단으로 보낼 겁니다, 후후후."

⚖

미즈노 코이치는 도쿄 소속의 판사였다.

노형진이라고 본인을 소개한 남자가 다가오자 그는 침을 꿀꺽 삼켰다.

집으로 찾아와 명함을 인터폰 앞에 내밀어 보이던 노형진.

마이스터의 대리인이라는 이름은, 절대 무시할 수가 없었다.

결국 문을 열어 줄 수밖에 없었고, 노형진은 당당히 그의 집으로 들어가 당당하게 그를 협박했다.

"뭐라고요?"

"신동하에게 대리권을 인정해 주십시오. 그러면 충분한 보상을 하지요."

"신동성 대리인 사건을 이야기하는 것 같은데, 그 사건은 내 소관이 아닙니다. 그건 사와구치 판사님 사건입니다."

"알고 있습니다. 그리고 이미 그 답이 정해져 있다는 것도."

"으음……."

"물론 거절하실 수도 있겠지요. 하지만 그 이후에는 뒤끝이 별로 안 좋으실 텐데요?"

미즈노 코이치는 침을 꿀꺽 삼켰다.

이건 협박이다. 협박으로 신고할 수도 있다.

그러나 상대방은 대동에서 나온 사람이다.

그리고 대동의 남은 후계자는 오로지 신동하뿐이다.

"표정을 보아하니 사정을 잘 아시는 모양이네요."

"……."

빙긋 웃는 노형진과 다르게 차갑게 굳어 가는 미즈노 코이치.

"저는 대동이 정당한 주인에게 돌아가야 한다고 생각합니다. 뜬금없이 엉뚱한 놈이 걸레짝으로 만들게 할 수는 없지 않습니까?"

그렇게 걸레짝이 되어 버린 대동에서 나온 돈은 정치인들에게 갈 게 뻔하다.

"대충 순서를 보니 사와구치 판사 다음으로 사건을 담당하게 되는 게 당신이더군요."

"그건 랜덤입니다."

"진짜 랜덤이라고 생각하십니까? 그동안 당신이 정치권에 들인 노력과, 그 돈과, 기회를 잡기 위한 발버둥을 제가 모를 것 같습니까?"

사와구치가 이번 사건을 하게 된 이유는 간단하다. 그가 미즈노 코이치보다 더 정치적이기 때문이다.

그 때문에 이 사건이 그에게 간 것이다.

답을 정해 두고, 거기에 맞춰야 하기 때문이다.

"하지만 사와구치 판사에게 무슨 일이 벌어지면 그다음 순위는 당신이 될 겁니다."

"하지만…… 그럴 가능성은 사실 높지 않습니다. 그런 일은 무척이나 드물어요."

판사는 외부의 문제에서 자유롭도록 되어 있다.

물론 그건 공식적인 거고, 이미 사와구치 판사에게는 온갖 로비가 들어가고 있는 상황이다.

"압니다. 아마도 사토 슌지를 밀어주겠지요. 자민당의 요구가 그거니까."

"다 알면서 왜 온 겁니까? 내가 해 주고 싶어도 해 줄 수가 없습니다."

"사와구치 판사는 곧 사라질 겁니다."

"뭐요?"

"말 그대로 '사라질' 겁니다."

노형진은 차갑게 말했다.

되묻는 미즈노 코이치의 목소리가 부들부들 떨렸다.

"판사를 협박하는 겁니까!"

"협박이 아니라 사실을 말해 주는 겁니다. 사와구치가 사라지면 당신이 이 재판을 하게 될 겁니다. 그때 당신은 양심에 맞게 판단을 내리면 됩니다."

"양심에 맞게 판단하라면서 협박을…….."

"당신 양심이라고는 한 적 없습니다."

노형진은 빙긋 웃었다.

'내가 대가리에 총 맞았냐?'

미즈노 코이치는 극도로 정치적인 타입이다. 그리고 일본 정치인들은 이 판결을 정치적으로 끝내려고 하고 있다.

지금이야 사와구치 판사에게 집중하고 있지만…….

'그놈을 끌어내리고 판사를 바꾼다.'

그리고 그 판사를 자신이 먼저 포섭해 둔다, 이게 노형진의 핵심적인 계획이었다.

그 과정에서 양심적인 판결? 그런 건 기대도 하지 않는다.

양심이라는 건 객관적이지 않다.

누군가는 욕하는 걸로 양심의 가책을 느끼지만, 누군가는 사람을 죽여도 양심의 가책을 느끼지 못한다.

"얼마 전에 하시무라 유켄 사건이 있었지요. 기억하시는지 모르겠습니다만."

부르르 떠는 미즈노 코이치.

모를 수가 있겠는가?

그의 자백에 따르면 최소 스무 명을 죽였고, 쉰 명 이상을 미치게 만들었다고 했다.

야베의 명령이었다고 그는 증언했다.

그건 전국으로 생방송이 되었기에 일본 사람들 중에 그걸 모르는 사람은 없었다.

"정신이상으로 끝난 사람들은 참 안타깝습니다. 재주가 좋더군요. 몸에 어떤 흔적도 남기지 않고 천천히 사람을 미치게 만드는 기술이라니, 하하하. 제가 많이 배웠습니다."

'이놈은 미친놈이다! 진짜 미친놈이야!'

미즈노 코이치는 잔뜩 겁을 먹었다.

권력을 가지고 있는 놈이 미쳤을 때 브레이크를 걸 수 있는 방법은 없다.

"뭐…… 뭘 어떻게 해 달라는 겁니까?"

"신동하를 인정하세요. 인정하면, 그 이상의 보상을 받을 겁니다."

"하지만 사토 슌지 쪽에서 이미 다 작업해 놨단 말입니다!"

무너지듯이 외치는 미즈노 코이치.

'역시나. 예상대로군.'

너무 빨랐다.

아무리 그래도 이렇게 빠르게 진행될 리가 없다.

누군가가 로비하지 않는다면 말이다.

"자세하게 이야기를 듣고 싶군요."

"야베는 몰락했지만 자민당도 몰락한 건 아니니까요."

한국과 일본의 정치는 좀 다르다.

한국은 기본적으로 여야라는 개념으로 나뉘어 있다.

그건 일본 역시 마찬가지다. 그리고 한국의 계파처럼, 여당인 자민당 내부에서도 파가 갈린다.

"살아남은 자민당 의원들은 다른 생존 방법을 찾고 있습니다."

한국 입장에서는 이해가 안 갈 것이다, 야베가 반란을 일으켰는데 자민당은 살아남는다는 게.

그 이유는 사실 간단하다.

한국은 아무리 계파가 나뉜다고 해도 결국 같은 당이라고 본다.

그러나 일본은 자민당 내부에서 계파가 나뉘면 아예 다른 당으로 보는 느낌이 강하다. 쉽게 말해서 당 내부에 여당과 야당이 같이 있는 형태로 인식하는 셈이다.

"확실히 그런 부분 때문에 공산당 같기는 하지요."

노형진은 고개를 끄덕거리며 인정했다.

공산당은 일당독재를 한다.

그리고 일본의 자민당은 사실상 일당독재 당에 가깝다.

다른 당이 없는 것은 아니지만, 그들이 모조리 힘을 합해도 자민당 내부에서 야당 노릇을 하는 세력보다 훨씬 더 규모가 작다.

"야베는 사라졌지만 그들은 살아남았지요."

자민당이라는 이름도 사라지지 않았다. 결국 그들은 살아남기 위해 자신들을 도와줄 사람을 찾기 시작했다.

"그게 바로 사토 슌지입니다."

미즈노 코이치는 힘없이 말했다.

그는 완전히 꺾여서 모든 것을 순순히 털어놓고 있었다.

"사토 슌지가 먼저 다가왔지요."

'그럴 가능성이 높기는 하지.'

사토 슌지는 뒷정리 담당의 전문 경영진이다.

애초에 그가 아니더라도 경영진이 있는데 왜 굳이 정리 담당을 고를까? 그건 그만큼 그 일이 고통스럽고 힘들기 때문이다.

더군다나 일본은 평생직장이라는 개념으로 운영하려고 하는 성향이 크다. 그런데 그런 곳에서 뒷정리를 하고 다니면서 사람들을 자른다?

"사이코패스나 소시오패스일 가능성이 높군요."

그런 타입의 인간이라면 양심의 가책을 느끼지 않으니까 남을 가차 없이 쳐 낼 수 있다.

"뭐, 기업인들 중에 사이코패스가 없는 것도 아니고."

도리어 다른 곳보다 흔한 편이다.

남을 밟아야 성공하는 구조가 바로 기업이니까.

"사토 슌지는 정치인들과 손잡고 우리 쪽으로 다가왔습니다."

그리고 대리인 문제를 걸고넘어졌다. 그래서 정치인들은 혹했고, 결국 그에게 대동을 넘겨주기로 한 것이다.

"흠······."

노형진은 미즈노 코이치를 바라보았다.

그는 정치 판사답게 이걸 가지고 양심의 가책을 느낄 인간
은 아니다. 하지만 그렇다고 해서 거짓말할 이유도 없다. 해
봐야 자신에게 어마어마한 보복이 떨어진다는 걸 아니까.

"사토 슌지라면······."

노형진은 그 이름을 중얼거리다 피식 웃었다.

"아마 야베의 사람이겠군요."

"뭐라고요?"

"그렇지 않습니까? 신동우가 미쳐서 나타난 건 사실입니
다. 그런데 그가 가진 주식에 대한 집행을 할 사람을 따로 선
임하는 걸 그렇게 빨리 진행하기는 힘들죠."

"이해가 가지 않는데요?"

"법원에서 싸울 때, 단순히 사이가 안 좋다는 것으로 형제
의 대리권을 박탈하기는 쉽지 않습니다."

가족 간의 친권이라면 모르지만 주식의 대리권은 단순히
법적인 결정에 관한 문제고, 애초에 다른 가족들이 주식을 가
지고 있으니까 그 결정이 확장되는 것이라고 볼 수도 있다.

미쳐 버린 이상에야, 그에게 적대적 결정을 한다고 해서
뭘 어떻게 할 수 있는 것도 아니니까.

"무슨 말을 하고 싶은 겁니까?"

"간단한 거죠. 법원에서는 그들이 서로 적대적으로 싸워서

법률상의 대리인으로서는 부적당하다는 걸 증명해야 합니다."

그래야 신동성이나 신동하에게 주식이 가는 걸 막고, 그걸 집어삼킬 수 있다.

그리고 그러기 위해서는 증거가 필요하다.

그것도 아주 확실한 증거가.

"서, 설마……?"

"야베가 대동을 노렸군요."

어쩐지 야베는 대동과 꽤 친했음에도 신동성의 범죄에 대한 증거가 상당히 오래전부터 모여 있었다.

"처음에는 신동우를, 그다음에는 범죄 처벌을 조건으로 신동성을 죽인다면……."

무주공산이 된 대동의 주식은 외부로 팔리게 될 것이다.

"그걸 먹는 게 야베가 되었을 테고요."

진실이 드러나자 노형진은 실로 어이가 없었다.

자신도 수십 수를 내다보고 판단한다고 생각했는데 야베 역시 그랬던 것이다.

'쿠데타가 성공했다면 야베가 대동을 집어삼켰겠군.'

물론 신동하는 그에게 포섭되든가 아니면 의문사로 처리되었을 것이다.

─모든 권력자의 꿈은 재벌이다.

노형진은 그 말을 다시 중얼거리면서 씁쓸하게 웃었다.

"그런데 이제 야베는 끝장났고."

사토 슌지 입장에서는 기회가 온 것이다.

이미 작업은 끝났고, 이대로만 진행하면 야베가 아니라 바로 그가 대동을 먹을 수 있게 되는 것이다.

"그런……."

노형진의 말에 미즈노 코이치는 정신이 나간 듯한 표정이 되었다. 그건 생각해 보지 못한 부분이니까.

"뭐, 그건 상관없지요."

기회가 된다면 잡아먹으려고 하는 게 비정상적인 일은 아니다. 노형진도 그렇게 많은 기업을 먹어 치웠다.

"다만 능력이 안 된다면 그게 헛된 욕심일 뿐이지."

피식 웃는 노형진.

"간단하게 갑시다. 신동하에게 대동을 넘겨준다면 당신의 미래는 이쪽에서 책임지지요."

"하지만 사와구치 판사와 사토 슌지가 아직 남았습니다."

"걱정하지 마세요."

노형진은 단호하게 말했다.

"그들은 사라질 테니까. 그들의 계획이 변함없듯이, 제 계획도 변함이 없습니다, 후후후."

새로운 제국의 황제

사와구치 판사를 어떻게 물러나게 할 것인가?

사실 그건 어려운 일이 아니었다.

가장 간단한 방법은 범죄를 추적해서 그를 고발하는 것이다.

그러나 정치 판사라고 해서 반드시 범죄자인 것은 아니었다.

"아니, 뭔 놈의 판사가 원조 교제도 하나 안 하냐?"

노형진은 멀리서 움직이는 사와구치 판사를 보며 피곤한 얼굴을 문질렀다.

"일본 판사라고 다 원조 교제를 하는 건 아닙니다."

"그래도 이건 좀 너무하네요. 한국에서는 판사라고 하면 일단 접대는 기본으로 깔고 들어가는데 말이죠."

사와구치는 접대도 받지 않고 움직이고 있었다.

오로지 집과 법원, 그 두 곳만 왔다 갔다 하면서 일을 할 뿐이었다.

노형진은 편의점에서 뭔가를 사서 집으로 향하는 사와구치 판사를 보면서 입술을 깨물었다.

"이런 타입이 제일 골 때리는데."

미래를 위해 자신의 주변을 깔끔하게 정리해서 관리하는 인간들. 그런 놈들이 종종 있다.

주변의 적들이 사소한 걸로 물고 늘어질 걸 대비해서 말이다.

"사와구치도 그런 타입이군요."

그런 타입은 공격이 쉽지 않다.

일단 협박도 안 먹힌다. 걸릴 게 없으니까.

물론 미즈노 코이치처럼 직접적인 협박을 할 수도 있겠지만, 이미 상당히 작전 준비가 된 상황에서 협박이 먹힐 것 같지는 않았다.

"애초에 저들이 작전을 실행하면 신동하 씨와는 척지는 거니까요."

그러니 협박해 봐야. 더 적극적으로 신동하를 무너트리기 위해 덤빌 가능성만 커진다.

"그렇다고 진짜로 죽일 수도 없고."

필요하다면 겁을 주는 것도 마다하지 않는 노형진이지만 살인은 전혀 다른 이야기다.

"저런 마인드로 제대로 판사 노릇이나 할 것이지."

노형진은 긴 한숨을 쉬면서 사와구치 판사를 바라보았다.

그랬다면 아마 상당히 존경받는 판사가 되었을 것이다.

하지만 그는 정치적인 길을 선택했고, 그걸 위해 철저하게 자신을 관리했다.

"그러면 어쩌지요? 저 사람을 공격해서 뭔가 한다는 건 힘들 것 같은데."

"방법이 없는 건 아닙니다."

"네? 방법이 있어요?"

"사람에게는 각자의 삶이 있지요. 신동하 씨도 알지요?"

"그건 그렇지요."

"그 삶에 남이 끼어들면 상당히 고달픕니다. 그런데 심지어 그 삶을 남이 조종하게 되면 어떻게 될까요?"

"그게 무슨 말인지?"

"저런 타입의 인간을 한번 본 적이 있습니다."

바로 손하균. 손채림의 아버지이자 완벽한 변호사라 불리는 인간.

"하지만 그의 삶을 지키기 위해서는 주변의 희생이 강요되지요."

신동하의 얼굴이 와락 일그러졌다.

그 역시 자신의 아버지 신강수가 생각난 것이다.

자신의 완벽한 삶을 위해 다른 사람들을 철저하게 짓밟던 그는 가족들마저도 통제하려고 했다.

모든 가족들이 결국 그에 익숙해지고 그런 신강수를 닮아 갔지만 신동하는 그러지 못했고, 그 때문에 결국 내놓은 자식이 되었다.

"다른 가족들은 다를 거라는 거군요."

"맞습니다."

다른 가족들은 다르다.

그들도 완벽한 인내의 삶을 살기는 힘들다.

더군다나 판사는 일본에서도 상당히 권력을 가지는 집단이다.

권력을 가진 자들이 그 권력을 휘두르지 못할 때 그로 인한 스트레스는 상상 이상이다.

'스스로 억누를 수 있는 사람이라면 모르지만 강제로 억눌린 사람이라면 더더욱 그렇겠지.'

그리고 일본은 법적으로는 연좌제가 금지되어 있지만 사회적으로는 연좌제가 당연한 나라다.

"그의 가족들도 사와구치 판사와 같은 사람들일지 한번 두고 보자고요. 후후후."

⚖

사와구치 판사는 슬하에 아들이 둘 있었다.

그리고 노형진은 그의 아내를 본 순간, 마음속으로 '심봤다!'를 외쳤다.

"아무래도 저 여자는 남편이 마음에 안 들었던 모양이네요."

"어떻게 아십니까, 딱히 뭘 한 것도 아닌데?"

노천 커피숍에서 웃으며 다른 여자와 이야기하고 있는 사와구치의 아내.

신동하의 입장에서는 뭐가 다른지 잘 모르겠지만 노형진은 알 것 같았다.

"저 여자가 입고 있는 옷, 들고 있는 가방은 남편의 돈으로 살 수 있는 물건이 아닙니다."

"네? 그게 무슨 말씀이십니까? 저게 그렇게 비싼 물건이라고요?"

"네. 정상적인 판사의 월급으로는 절대 구입할 수 없는 물건입니다."

물론 할부로 구입할 수는 있다.

하지만 그 할부라는 것도 하나당 12개월 할부로 긁어야 할 것이다.

그런데 그녀의 몸에 걸린 그런 게 최소 대여섯 개는 된다.

가방, 옷, 신발, 스카프까지, 온통 명품으로 도배를 했다.

"보통 이런 경우는 답이 뻔하죠."

"뇌물이군요."

"맞습니다. 사람들이 많이 하는 실수죠."

뇌물이라고 하면 무조건 당사자에게 주는 거라고 생각한다.

물론 틀린 말은 아니다.

하지만 당사자가 그걸 거부하는 경우가 종종 있다.

그렇다면 뇌물을 주고자 하는 사람은 어떤 선택을 할까?

멀리 갈 필요 없이 가족에게 준다.

가족에게 뇌물을 주면, 그는 가족을 고발해야 하는 처지가
된다.

하지만 세상에 아무리 독하다고 해도 자신의 가족을 고발
할 수 있는 사람이 얼마나 되겠는가?

운이 나빠 봐야 조용히 돌려주는 수준이고, 운이 좋으면
그렇게 조금씩 무너져 간다.

"아마도 사와구치 판사의 아내가 그 공략 대상일 겁니다."

그의 아들들은 아직 중학생, 고등학생이다.

그러니 공략 대상으로 삼기에는 너무 어리다.

더군다나 교복을 입고 일상생활을 하니 명품에 대해서는
그다지 감흥도 없을 것이다.

"하지만 판사들의 세계에서는 뻔하지요."

뇌물을 받는 판사들의 아내들은 명품으로 자신을 치장하
고 다닐 텐데, 여자들 특유의 경쟁심으로 인해 그런 상황에
서 지고 싶어 하는 사람은 많지 않다.

"그러니 들어오는 뇌물을 슬쩍 챙긴다 이거군요."

"맞습니다."

그리고 남편에게는 숨긴다.

굳이 집을 뒤져 보는 남자는 많지 않기 때문에 여자의 컬렉션은 점점 늘어난다.

"그게 안 걸려요?"

"보통은 조용히 쉬쉬하면서 넘어가니까."

"그래도 그렇지, 저렇게 많은데……."

"저렇게 많으니까 하는 말입니다."

"네?"

"저 물건 하나하나가 바로 뇌물이지요. 그런데 아무리 그래도 가격이 너무 비싸요. 일반적인 사건의 당사자들이 주기에는, 과할 정도로 비싼 물건입니다."

당장 저 여자의 손에 들려 있는 가방 가격만 3,400만 원이다.

"저 가방을 버킨백이라고 합니다. 저 가방은 구하고 싶다고 해서 구해지는 게 아닙니다."

노형진이 사건이 있어서 그 가방에 대해 알아봤을 때, 제작사에서는 대기 기간만 4년이라고 했다.

즉, 누군가 뇌물로 주고 싶다고 해도 당장 구할 수 있는 물건이 아니라는 거다.

"그걸 사는 방법은 하나뿐이지요."

누군가에게서 새것을 사서 넘겨주는 것. 중고는 아무래도 티가 나니까.

그런데 저런 가방을 산다는 것 자체가 4년 전에 주문해 놨다는 소리이니, 4년 전에 3,400만 원짜리 가방을 주문하고 기다린다는 것은 어느 정도 자산이 있는 사람이라는 소리다.

"그런 사람을 수소문하고 협상해서 받아 내는 게, 일반인에게 가능하겠습니까?"

"아!"

신동하는 눈을 크게 떴다.

노형진의 말대로 그런 상황이라면 개인은 절대 할 수가 없는 일이다.

"하지만 기업은 가능하지요."

기업. 그것도 직원이 제법 많은 기업이라면 가능하다.

"기업이라고 하지만, 그래도 버킨백을 찾아다니는 건 좀 그렇지 않나요?"

다만 기업 차원에서 버킨백을 찾는다는 소리는 들어 본 적이 없기에 신동하는 고개를 갸웃했다.

"외부에서 찾을 필요가 있나요? 내부에서도 돈만 충분히 주면 그걸 구입하려고 하는 사람이 있을 텐데."

내부의 직원에게 저런 버킨백을 구입할 수 있을 정도로 돈을 주는 기업이 얼마나 될까?

어지간한 회사 이사급 이상의 사람이나 되어야 저걸 살 정도의 돈을 받을 것이다.

그런 사람에게서 그 가방을 토해 내라고 할 정도의 힘을 가진 기업은 더더욱 얼마 없을 테고.

"조사해 보니 얼마 전까지 소송 중이던 기업이 하나 나오더군요. 도니모리라는 곳입니다."

"도니모리? 거기 사토 슌지가 다니던 곳 아닙니까?"

"네. 2개월 전까지는요."

그리고 2개월 전에 그곳을 그만뒀다.

"저 여자가 저 가방을 받은 게 언제일까요?"

"그건 알 수가 없지요. 그런데 저런 걸 받아 오는데도 모른 척한다고요? 그건 이해가 안 가는데."

"모른 척이 아닙니다. 아까도 말했다시피 가족에게 주는 뇌물은 뇌물이 아니라 족쇄입니다."

당장 고발할 것은 아니지만, 그걸 쥐고 있다면 나중에 가족을 고발하는 것 말고는 해결책이 없다.

시간이 지난 후에는 돌려주라고 해 봐야 의미가 없다.

그러면 사람들은 '걸려서 돌려줬구나.'라고 생각하기 쉬우니까.

"사와구치를 엮기 위해 생각보다 오래 준비했네요."

최악의 경우 터트릴 생각이었던 것 같지만, 그들의 입장에서는 다행히 사와구치가 손잡는 쪽으로 일이 진행된 모양이다.

"하지만 그게 우리에게 걸렸고요."

"맞습니다."

"그러면 그걸로 사와구치를 흔들면 될까요?"

신동하의 질문에 노형진은 고개를 흔들었다.

"그럴 수 있으면 좋겠지만, 애석하게도 그건 힘들 것 같네요."

사와구치는 이미 그들과 손을 잡았다.

그러니 그걸 흔들어서 도움을 받아 내는 것은 불가능하다.

"어차피 우리한테 중요한 건 사와구치를 쳐 내는 거니까 터트리는 쪽으로 가지요."

"터트린다고요? 음…… 그게 확실히 좋은 방법이기는 한데……."

문제는 그걸 터트릴 타이밍이다.

지금 상황에서 누군가에게 기사를 쓰라고 한다면, 과연 쓸까?

그럴 가능성은 낮다.

일본의 언론은 이미 극우에게 넘어갔다.

지금이야 분위기가 살벌하니 입을 다물고 있지만, 그렇다고 해서 그 본질이 사라진 것은 아니다.

당장 야베를 가장 물고 빨았던 것도 일본의 언론이고, 일왕을 가장 씹었던 것도 일본의 언론이다.

"하지만 언론을 이용하지 않으면 문제가 외부로 터지지 않을 텐데요?"

"그럴 필요가 있나요?"

"네?"

"우리가 필요한 건 사와구치가 물러나는 겁니다. 그리고 그에 필요한 준비는 모두 되어 있지요. 외부에 터지지 않는다고 해도, 사와구치만 물러나면 되는 겁니다."

노형진은 빙긋 웃으며 말했다.

"언론은 일본에만 있는 게 아니니까요."

일본은 한국에 대해 심각한 관음증을 가지고 있다. 그래서 언론 뉴스의 3분의 1은 한국 관련 뉴스였다.

그리고 노형진은 그 부분을 따라 한국에서 일본을 신나게 까도록 했다.

야베가 코너에 몰린 가장 큰 이유 중 하나가 바로 그거다.

비리나 비밀 또는 실패에 대해, 야베가 일본의 언론은 몰라도 한국의 언론은 통제할 수 없었기에 미친 듯이 정보가 새어 나가서 국민들이 통제에서 벗어나기 시작했기 때문이다.

"그런 상황에서 야베가 사라졌다고 해서 그 방송 시간이 갑자기 채워질 수 있는 건 아니죠."

물론 다른 프로그램으로 채울 수도 있다.

하지만 사람들에게 인기가 많은 건 여전히 일본 소식이다.

특히 일본 내부에서 벌어지는 상황.

즉, 야베 몰락 이후의 소식에 관해 사람들은 관심이 많았다.

"아…… 그렇군요."

한국의 언론에서 사와구치 판사의 가족 비리가 터지면 어떻게 될까?

"일본에서는 더더욱 공격 대상이 될 겁니다."

일본에서 보통 욕을 먹는 사람은 다른 이에게 폐를 끼치는 사람이다.

그리고 그걸 넘어서 집중 공격당하는 사람은 바로 일본의 명예에 똥칠을 하는 사람이다.

자칭 명예를 중시한다는 일본의 특성상, 그런 명예를 지키기 위해서라면 거짓말을 하는 것도 불사한다.

"만일 일본이 아니라 다른 나라에서 먼저 터진다면……."

신동하는 그런 사실을 알고 있다.

그리고 노형진이 뭘 노리는지 알아차렸다.

"더욱 공격받겠네요."

"맞습니다, 후후후. 사와구치는 물러날 수밖에 없을 겁니다."

⚖

사와구치의 아내에 관련된 뉴스는 바로 한국의 언론으로 나갔다.

물론 고작 판사의 개인 범죄를 한국의 언론에서 보도한다고 하면 이상하기는 할 것이다.

하지만 언론에서 다뤄질 때는 다른 문제, 즉 대동의 지배권 문제와 연관 지었기에 사람들은 당연히 그 이면을 직접 볼 수 있었다.

―해당 사건을 담당하고 있는 판사의 가족이 억대의 뇌물을 받은 것으로 드러나면서 재판의 공정성에 의문이…….

―일본 정부에서는 해당 사건에 대해 공식적인 논평을 거부하고…….

-대동에서는 사와구치 판사에 대한 고소와 고발을 진행하며…….

연이어 터지는 뉴스들.

사와구치는 그걸 보고 머리를 부여잡았다.

한국에서 터진 뉴스지만 일본 내부에 무서울 정도로 빠른 속도로 퍼지고 있었다.

야베 때는 인터넷과 언론을 통제했지만 이제는 그 통제를 풀어 버렸기 때문이다.

그리고 그 결과는, 사와구치에게 실로 참혹했다.

-비국민 사와구치는 자결하라!

-일본의 이름을 더럽힌 사와구치는 죽어라!

-뒈져라, 사와구치!

미친 듯한 불만의 폭주.

소위 말하는 손절이 시작된 것이다.

"내가…… 내가 수십 년을 버텨 왔는데!"

사와구치는 얻어맞은 뺨을 감싼 채 힘없이 주저앉아 있는 아내를 보면서도 여전히 분노를 참지 못했다.

"내가! 수십 년 동안 얼마나 고생하며 이 자리에 왔는데 고작 명품 몇 개에 그걸 다 버려!"

"여, 여보…… 미안해요……. 지금이라도 돌려주면……."

"돌려주면? 뭐? 지금 와서 뭘 어쩌라고! 어? 언론에서 돌려줬으니 다 없던 일이 된 거라고 해 줄 것 같아?"

아내가 이 정도로 명품을 받아서 챙겼을 거라고는 상상도 하지 못했던 사와구치는 정신이 반쯤 나가서 길길이 날뛰었다.

"이제 어쩔 거야! 어쩔 거냐고!"

극렬한 세력이 만일 자신들에게 흠집이 생긴다고 하면 그걸 해결하는 방법은 뭘까?

그건 바로 손절이다.

어디선가는 이단이라고 표현하고, 어디선가는 방출이라고 표현한다.

하지만 손절이라는 것은 부정할 수 없는 사실이다.

살아남은 극우 세력은 사와구치가 통칠을 하기 시작하자 바로 손절에 나섰다.

사와구치는 범죄의 책임을 지고 판사직에서 물러나라

다른 곳도 아닌, 얼마 전까지 자신과 화기애애하게 밥을 먹던 극우 세력이 공식적으로 발표한 내용이다.

한국에서 그 추문이 터졌으니 넌 더러운 놈이고, 우리는 너와 손을 끊겠다는 식이었다.

"젠장! 젠장! 젠장! 젠장!"

만일 사와구치가 힘이 있었다면 어떻게 해서든 덮었을 것이다.

하지만 평생을 정치를 하고 싶어서 노력했고, 이제야 그걸

해 볼 만해진 시점이었다. 힘 같은 건 당연히 없었고, 사와구치가 아무리 노력해도 이번 사건은 덮을 수가 없었다.

더군다나 저 가방과 명품을 준 사람이 하필이면 사토 슌지란다.

그와 이런 일을 하는 상황에서 터졌으니, 아무리 자신이 억울하다고 해도 물러나지 않을 수가 없었다.

"여, 여보……."

"그놈의 명품 바리바리 싸 들고 나가. 이혼 소장은 우편으로 보낼 테니까."

"여…… 여보! 제발…… 이혼만은!"

"시끄러워! 나가! 나가라고!"

사와구치의 고함 소리가 온 아파트에 울려 퍼지고 있었다.

⚖️

—이번 일에 책임을 지고 판사직에서 물러나겠습니다.

사와구치는 결국 판사직에서 물러났다.

그 모습을 보면서 미즈노 코이치는 침을 꿀꺽 삼켰다.

'그게 가능했어?'

사실 사와구치가 물러나는 건 불가능하다고 생각했다.

미즈노 코이치도 그의 성향을 알고 있었고, 절대 구설수를 만들지 않기 위해 극도로 몸을 사리고 있다는 것도 알고 있었으니까.

그 흔한 접대조차도 거부하는 사와구치 판사의 성향을 생각하면, 그를 물러나게 하는 것은 절대 불가능하다고 보았다.

그런데 현실은 그렇지 않았다.

'와이프라니.'

사와구치는 가만두고 와이프를 건드려서 물러나게 했다.

그걸 보면서 미즈노 코이치는 자신의 인생을 돌아보게 되었다.

'안 돼……. 절대로 저항할 수 없어.'

문제라고는 없을 거라고 생각했던 사와구치 판사조차도 저렇게 쫓아내는데, 자신처럼 여기저기 기웃거리며 힘쓰고 다닌 사람은 그들의 눈에서 벗어날 수가 없어 보였다.

더군다나…….

업무와 관련하여 이야기할 게 있으니 내일 저녁 시간을 비워 두게.

메일로 온 상관의 명령.

어차피 내일이면 볼 수 있는데 굳이 따로 만나자고 한다?

그렇다면 그 의미는…….

'대동 문제구나.'

노형진이 그랬다, 자신이 그 재판을 하게 될 거라고.

거짓말처럼 그의 말대로 사와구치 판사가 물러났고, 자신에게 연락이 왔다.

'망할.'

만일 자신이 대동을 사토 슌지에게 넘겨준다면?

자신의 커리어뿐만 아니라 인생 자체가 증발하는 건 순식간일 가능성이 높다.

"아, 씨발!"

미즈노 코이치는 머리를 부여잡으며 비명을 질렀다.

⚖

"좋아, 미즈노 코이치는 이제 된 것 같고."

사와구치가 물러나자 자연스럽게 그 재판은 상당히 정치적인 판사인 미즈노 코이치에게 넘어갔다.

노형진의 경고가 무슨 뜻인지 안다면 그는 결코 어리석은 짓을 하지 않을 것이다.

적어도 노형진이 본 그는 그랬다.

"남은 건 이제 신동성이군."

물론 미즈노 코이치만 잡고 있어도 충분히 재판에서 이길 수 있다.

그러나 만사 불여튼튼이라고 했다. 나중을 위해서라도, 신동성이 쥐고 있는 주식을 가지고 오는 게 중요했다.

"노형진."

신동성은 노형진을 보고 이를 빠드득 갈았다.

자신의 인생을 망가트린 남자.

자신을 파멸시킨 남자.

노형진, 바로 그가 자신을 찾아왔는데 좋은 소리가 나올 리가 없다.

"나를 조롱하고 싶어서 찾아왔나?"

"그런 취미 없습니다."

노형진은 빙긋 웃으며 그에게 말했다.

"나는 당신에게서 주식을 찾으러 온 것뿐입니다."

"주식? 하, 찾으러 와? 미쳤나? 내가 미쳤다고 주식을 네 놈에게 주겠어?"

감옥에 있다는 건 자유를 박탈당했다는 거지 주식을 박탈당했다는 뜻은 아니다.

신동성의 주식은 신동성의 주식일 뿐이었다.

"신동하 그놈이 회장이 되도록 내가 가만둘 것 같아!"

'물론 그럴 리 없겠지.'

신동성이 제정신이라면 결코 일어나지 않을 일이다.

무엇보다, 신동성은 극도로 인내심이 강하다. 자신에게 필요할 때는 수십 년을 가면을 쓰고 살아오기도 했다.

"글쎄요, 당신이 그 주식을 주지 않고 버틸 방법이 있을까요?"

"뭐?"

"당신한테 남은 게 뭐가 있는지 느긋하게 생각해 보시죠."

접견실의 의자에 기대앉은 노형진은 차근차근 손가락을 하나씩 접어 가면서 말했다.

"일단 현금. 썩어도 준치라고, 감방에서 사형당하기 전에 쓸 정도의 돈은 물론 있겠지요."

"큭."

"하지만 그 이후에는 어쩔 겁니까? 설마 사형을 면할 수 있다, 뭐 그런 생각 하는 건 아니죠?"

"……"

사형을 면하기는 힘들다.

그가 죽인 사람이 한두 명이 아니고, 야베는 대동을 집어삼키기 위해 뒤에서 어마어마한 공작을 해 놨으니까.

'나도 모르는 사이에 말이지.'

만일 계획대로 되었다면 대동은 이미 무너져서 야베의 아가리로 들어갔을 것이다.

'하여간 야베도 무능력한 건 아니었어.'

다만 그 능력을 오로지 자신의 이권을 위해 이용해서 문제일 뿐이었다.

'그러고 보니 누가 그랬더라?'

누군가 그랬다, 부패한 유능보다는 깨끗한 무능이 낫다고.

부패한 유능은 자신만을 위해 일하기 때문이라고.

하지만 깨끗한 무능은 주변에 일을 맡기기에 차라리 투명하다고.

"그리고 두 번째, 피해자의 가족들은 손해배상을 청구할 텐데, 제가 알기로는 가지고 계신 돈이 배상하기에 충분하지 않으실 텐데요."

대부분의 현금은 전쟁을 위해 동원되었다.

그렇다 보니 많은 돈은 없었다.

물론 일반인 기준으로 월급과 비교하면 무척이나 큰돈이지만, 손해배상으로 물어 주기에는 턱도 없이 적은 돈이다.

"그러면 피해자들의 가족들은 주식을 빼앗는 수밖에 없지요. 그들이 그걸 쥐고 있어 봤자 뭘 하겠습니까?"

갈가리 찢어진 주식이고, 자신들의 원수인 기업의 주식이다.

그걸 가지고 있고 싶어 할 리가 없다.

"물론 그걸 쥐고 회사에 피해를 입히고 싶을 수도 있지만……."

그럴 가능성은 낮다.

현실적으로 신동성이 가진 주식이 수십 명에게 나뉜다면 그걸로 회사 일을 방해할 수는 없다.

"그때, 우리가 그걸 사지 못할 거라고 생각하십니까?"

적당한 돈만 준다면 그 주식을 사는 건 어려운 일이 아니었다.

"어차피 주식은 빼앗긴다. 그렇다면 답은 나온 거 아닌가요?"

아무리 재벌가의 싸움이라고 해도 모든 주식을 다 현금으로 살 수 있는 건 아니다.

즉, 대부분의 주식은 계열사들이 내부 거래 형태로 쥐고 있기 때문에, 신동성이 가지고 있는 주식이라고 해 봐야 얼마 되지 않는다.

"설마 아직 살아남은 당신의 파벌이 계속 충성을 바치면서 당신을 꺼내 줄 거라 생각하는 건 아니지요?"

그럴 리가 없다. 그럴 수도 없고.

그냥 몰락한 거라면 가능할지도 모른다.

하지만 다른 것도 아니고 살인과 관련해서 잡혀 들어왔다.

당연히 그들이 아무리 힘을 쓴다고 해도 풀려날 수 있을 리가 없다.

더군다나 정권도, 야베가 몰락한 상황.

당연히 그들이 기댈 만한 곳도 없다.

"그리고 세 번째는, 우리는 말이지요, 당신을 꺼내 줄 수는 없지만 당신의 사형을 빠르게 할 수는 있습니다."

그렇게 말하며 빙긋 웃는 노형진.

"당신이 죽으면 그 주식은 어디로 가게 될까요?"

"……."

신동우의 경우는 정신이상으로 대리인이 집행하게 된다.

그러나 신동성의 경우는 사망으로 인해 소유권이 넘어간다.

"현재 가장 가까운 사람은 누구?"

"큭!"

그건 다름 아닌 신동하다. 신동성은 결혼하지 않았으니까.

"어차피 당신이 죽고 나면 우리는 상속세를 내고 당신 걸 물려받으면 됩니다."

노형진은 히죽 웃었다.

"그게 싸게 먹히는 게 사실이고요."

"그런데 왜 사려고 하는 거지?"

"온갖 파리가 자꾸 달라붙어서요. 당신도 모르지는 않을 텐데? 사토 슌지라고, 그 인간이 찾아오지 않았나요? 그래요, 당연히 왔겠죠, 후후."

사토 슌지는 회사를 차지하기 위해 혈안이 되어 있다.

당연히 신동성을 찾아왔을 수밖에 없을 것이다.

"아마도 사토 슌지는 당신에게 복수 운운하면서 원수인 신동하에게 회사를 넘기겠느냐고 말했겠죠."

똥 씹은 표정이 되는 신동성.

마치 현장을 보고 있었던 것처럼 이야기했으니까.

물론 노형진의 입장에서는 당연한 거다, 자신이라도 그랬을 테니.

"그래, 맞아. 그랬지. 그런데 그게 뭐 어떻다는 거지? 내가 신동하에게 대동을 넘겨주는 것에 무슨 의미가 있지?"

"간단한 거죠."

노형진은 어깨를 으쓱했다.

"당신의 목숨."

"뭐?"

"당신의 재판은 코앞까지 와 있지요. 알지 모르지만, 재판에서 합의의 여부는 아주 중요하거든요."

합의가 되어 있다면 처벌은 약해진다.

반대로 합의가 되지 않았다면 처벌은 가중된다.

"당신이 주식의 주주권을 행사하기 위해서는 그 주식을 쥐고 있어야 하지요, 재판이 끝날 때까지. 당연히 돈이 없으니 합의는 되지 않을 테고, 사형은 당연한 수순이 되지 않을까요?"

"……."

신동성은 극도로 이기적인 인간이다.

당연히 합의를 통한 감형이라는 말에 솔깃할 수밖에 없다.

"복수심도 좋지요. 하지만 제가 아는 당신은, 쓸데없는 복수에 자기 목숨까지 날려 버릴 인간은 아니거든요."

설사 어떻게 신동하가 대동을 집어삼키는 것은 막는다고 해도, 그 대가는 자신의 목숨이다.

"그리고 사토 슌지가 대동을 먹는다고 해도, 그가 그걸 얼마나 지킬 것 같습니까? 우리가 바보로 보이나요?"

아마도 사토 슌지는 대동을 그리 오래 쥐고 있지는 못할 것이다.

현실적인 부분을 생각한다면 길어야 2년 정도.

그 이후에는 노형진이 어떻게 해서든 찾아오려고 할 것이다.

"당신의 복수를 고작 2년 늦추는 겁니다. 그때쯤이면 당신은 죽었을 테고, 당신의 주식은 신동하에게 넘어가 있을 테니까요. 그것도 최대한으로 생각해도 말이지요. 내가 사토 슌지의 비리를 못 찾을 것 같나요? 원한다면 당신 옆 감방 동기로 만들어 줄 수도 있습니다."

내부 정리라는 것은 좋은 꼴은 못 보는 일이다.

당연히 그런 일을 하려면 적지 않은 적을 만들 수밖에 없다.

"그들을 포섭해서 고발하게 하면, 지금 상황에서 사토 슌지가 과연 구속을 피할 수 있을까요? 잊고 있나 본데, 신동하는 일왕가의 가장 가까운 측근입니다."

최후의 순간까지 충성을 바쳤고, 목숨을 걸고 일왕가를 대피시켰다.

"이를 반대로 말하면, 당신 목숨은 구할 수 있다는 거죠. 물론 당신이 합의하는 데 성공한다면 말이지요."

모든 피해자들과 합의하고 그걸로 협상한다면, 최소한 목숨은 건질 수 있다는 소리다.

"그러기 위해서는 돈이 필요합니다. 아주 많은 돈이."

노형진은 미소를 지으며 말했다.

"'나를 지금 능멸하는 겐가, 라고 말하기에는 너무 많은 돈이었다.' 일본의 어떤 만화에 나오는 대사이지요. 그리고 비슷한 말이 한국에도 있습니다. '행복은 돈으로 살 수 없다.'라는 건, 돈이 부족한 게 아닌지 고민해 봐야 한다는."

신동성이 살인을 저지른 것은 사실이다. 그러나 돈이 충분하다면 피해자도 합의를 선택할 수 있다.

현실이라는 게 그런 거다.

10억에는 합의해 주지 않아도 100억에는 합의해 줄 수밖에 없는 게 사람이다.

"자존심을 지키고 목숨을 잃느냐, 아니면 목숨을 버리고 자존심을 지키느냐의 문제이지요."

그리고 노형진이 아는 신동성이라면 자존심은 그다지 중요한 게 아니었다.

그랬다면 그렇게 미친 짓을 하면서까지 사람들을 속이지는 못했을 것이다.

"……"

신동성은 눈을 번득거렸다.

그리고 그 눈빛이 무엇을 의미하는지 노형진은 잘 알고 있었다.

'이 새끼, 머리 굴리네.'

물론 그걸 방해하지는 않았다.

답은 나와 있었기 때문이다.

"독방."

"뭐라고요?"

"1인실을 준다고 하면 양도를 약속하지."

대기업의 회장님이었던 그가 다인실을 쓰면서 산다는 게 절대 쉬운 일은 아니었을 것이다.

더군다나 평생을 살아야 한다면 더더욱 말이다.

"1인실이라……. 기꺼이요."

노형진은 빙긋 웃으며 말했다.

신동성의 양도 예정 서류, 그리고 그 이전에 권리를 위임하는 위임 서류까지 만들어 오자 신동하는 영혼이 나간 듯한 표정이 되었다.

"이게 가능한 겁니까?"

"가능하니까 제가 한 거지요."

노형진은 빙긋 웃으며 말했다.

"신동성은 머리가 좋은 놈입니다. 무조건 자신에게 이득이 되는 걸 고를 수밖에 없어요."

그리고 그게 이번에는 신동하였을 뿐이다.

"그러면 이제…… 제가…… 드디어……."

"아직은 아닙니다."

"네?"

"대부분의 지분은 신동하 씨에게 우호적입니다. 대부분은 말이지요. 하지만 사토 슌지는 결코 바보가 아닙니다. 이미 내부에 작업해 둔 것도 있을 겁니다."

노형진은 진지한 표정으로 이야기했다.

"마이스터와 대룡에 사토 슌지가 접근했다고 하더군요. 자신을 지원해 주면 적절한 보상을 하겠다고요."

"으음……."

과연 그가 마이스터와 대룡에만 접근했을까?

그럴 가능성은 낮다.

물론 신동우, 신동성, 신동하, 거기에다 신강수의 주식까지 모두 쥐고 흔들게 된 신동하가 유리한 것은 사실이다.

"하지만 유리하다는 것과 승리한다는 것은 전혀 다른 일이지요."

다른 주주들 입장에서 신동하는 그다지 달가운 존재는 아니다.

일단 내부에서 싸우느라고 대동에 피해를 준 것도 사실이거니와, 여전히 한국인 핏줄이라는 부분에서 불만을 가지는 놈들도 있다.

"우호 지분을 우리가 가지고 있기는 하지만, 그것만 가지고는 부족할 수도 있고."

노형진의 말에 신동하는 불안한 표정을 지었다.

"그러면 어떻게 해야 됩니까? 사토 슌지를 설득할 방법은 없어 보이는데."

"설득할 필요는 없습니다."

노형진은 어깨를 으쓱했다.

"이미 그는 움직이고 있으니까요."

사토 슌지는 신동성이 자신을 배신했다는 사실을 알고는 아차 싶었다.

복수심 때문에 당연히 자신을 편들어 줄 거라 믿은 신동성의 배신은 진짜 생각도 못 한 문제였다.

"다른 곳들은 괜찮을지 모르겠지만."

그나마 우호 지분들을 설득해서 자신에게 투표하도록 하고 있기는 하지만 불안한 것은 사실.

"노형진이라…… 역시 만만하게 볼 놈은 아니야."

자신과 직접 싸운 적은 없지만 그가 언제나 승리한다는 것은 알고 있었다.

더군다나 그는 신동하 편이다 보니 자신의 대척점에 있는 사람이다.

"하지만 그냥 당할 수는 없지."

그는 그렇게 중얼거리면서, 웃으며 자리에서 일어났다.

저 멀리 다가오는 사람이 보였기 때문이다.

"반갑습니다, 미즈노 코이치 판사님."

물러난 사와구치 판사를 대신해서 담당 판사가 된 미즈노 코이치.

그는 사토 슌지와 그 옆에 있는 사람을 보고 불편한 얼굴이 되었다.

"오시노 판사님, 이 사람은······."

오시노 판사는 미즈노 코이치의 상관이다.

그가 불러서 온 것일 뿐, 그 자리에 사토 슌지가 나올 줄은 몰랐다.

"이러면 곤란합니다, 오시노 판사님."

"곤란하긴, 하하하! 뭐, 친하게 지내면 좋은 게 아니겠나?"

"하지만 사토 슌지는 제 사건과 관련된 사람입니다."

"엄밀하게 말하면 아직은 아니지. 안 그런가?"

"······."

엄밀하게 말하면 무토 케이가 당사자고, 사토 슌지는 그 무토 케이가 밀어줄 사람이니 직접적인 당사자는 아니다.

"사토 슌지 군을 한 번이라도 본 적이 있나?"

"그건 아닙니다만."

"판사도 사람이야. 사건과 관련이 없으면 누굴 만나든 누가 뭐라고 하겠나?"

미즈노 코이치는 침을 꿀꺽 삼켰다.

'당했다.'

확실히 그는 사건 당사자는 아니다. 다만 무토 케이가 밀어줄 뿐.

"잘 부탁드립니다."

사토 슌지가 고개를 숙이면서 인사하자 미즈노 코이치는 그 인사를 받아야 하나 말아야 하나 고민하기 시작했다.

"자네가 무슨 생각을 하는지 아네. 하지만 그렇게 고민할 일인가? 자네의 양심을 믿는다네."

오시노의 말에 씁쓸한 미소를 짓는 미즈노 코이치.

그가 이미 노형진 쪽으로 넘어가 있다는 걸 모르는 모양이었다.

"저는 나라를 위해 언제든 충성을 바칠 준비가 되어 있습니다. 그건 미즈노 코이치 판사님도 마찬가지라고 생각합니다."

슬슬 떡밥을 뿌리는 사토 슌지.

그리고 어쩔 줄 몰라 하는 미즈노 코이치.

그러나 그들은 몰랐다, 좀 떨어진 곳에서 그들을 바라보고 있는 사람들이 있다는 것을.

"역시나 예상대로군요."

사토 슌지가 미즈노 코이치 판사에게 접근했다.

무토 케이가 직접적으로 접근하면 문제가 되겠지만, 사토 슌지는 엄밀하게 말하면 아직 사건의 전면에 나선 사람이 아니다. 그러니 미즈노 코이치와 접촉해도 문제 될 게 없다고 생각한 것이다.

"사토 슌지라면 당연히 그럴 거라고 생각했습니다. 상황이

다급해졌으니까요. 만나서 무토 케이에게 대리권을 주라는 말을 할 거라는 건 어렵지 않게 생각할 수 있지요."

노형진은 꽤나 여유로운 모습으로 말했다.

그러나 신동하는 불안한 눈빛으로 모니터 속의 미즈노 코이치를 바라보았다.

"물론 미즈노 코이치가 그의 말대로 하지는 않겠지요?"

"그럴 겁니다. 하지만 그래도 공식적으로 뭔가 남겨야, 나중에 그가 무토 케이에게 주지 않아도 뒤에서 말이 나오지 않을 겁니다."

일본도 한국과 마찬가지로 3심으로 되어 있다.

그러니 1심 판사인 미즈노 코이치가 판결을 내려도 2심에서 뒤집을 수 있다.

"가장 확실한 방법은 사토 슌지를 봉쇄하는 거죠. 그가 꼼짝도 못 하게 하면 사건을 뒤집을 수도 없습니다."

"하지만 직접 관련이 없는데……."

"직접 관련이 없는 건 사실이지요. 하지만 모두가 그럴까요?"

"네?"

노형진은 몰래 찍고 있는 화면의 한쪽을 가리켰다.

"제가 노리는 표적은 오시노 판사입니다."

"오시노요?"

"네. 이런 법조계는 규칙이 철저하거든요."

만일 사토 슌지가 미즈노 코이치에게 직접 만나자고 연락했다면, 만날 수 있었을까?

그럴 리가 없다.

미즈노 코이치는 이미 노형진 쪽으로 넘어왔다.

부담스럽게 그를 만나서 일을 크게 만들 생각은 없을 것이다.

당연히 사토 슌지를 만나게 된다면, 누군가 다른 사람을 통해 원치 않게 만날 수밖에 없다.

그리고 그 말은, 그 '누군가 다른 사람'이 현장에 같이 나올 거라는 소리다.

"오시노 판사는 사토 슌지의 전 사건을 담당했던 사람입니다."

"전 사건?"

"기본적으로 사토 슌지는 기업의 정리를 담당하는 전문 경영인이지요."

직원을 자르고 무차별적으로 탄압하고 오로지 돈만을 위해 기업 내부를 정리하는 것이 그의 임무다.

"그런 경우에는 100% 소송에 휘말립니다."

"아! 그렇겠네요. 그냥 조용히 죽을 수는 없으니까."

물론 쉽게 포기하는 사람도 있지만, 그러지 못하고 끝까지 싸우는 사람들도 분명 존재한다. 그리고 그런 이들은 사토 슌지에게 소송을 걸면서 부당 해고에 맞서 싸우려고 한다.

"그 소송을 담당한 게 바로 오시노 판사입니다."

사토 슌지와 붙어 다닌다는 것. 그건 그와 친하다는 말이다.

전 판사가 전 피고와 친하게 지내며 다른 사람을 소개해 줄 정도라면…….

"지난번 판결의 부당함에 대해 의심할 수밖에 없지요."

노형진은 영상을 바라보며 말했다.

"이미 그 당시에 소송했던 사람들의 연락처를 확보해 놨습니다. 과연 그들이 어떤 생각을 할지 궁금하지 않습니까? 후후후."

"이…… 이 무슨……."

사토 슌지는 다시 닥쳐온 소송에 정신이 아득해졌다.

자신과 오시노 판사가 만나는 장면이 첨부된 새로운 소송.

그는 경찰에 고발되었고, 경찰에서는 정식으로 수사에 들어간다고 통지가 날아왔다.

-이게 무슨 소리야! 너 무슨 짓을 한 거야!

"오시노 판사님! 제가 한 게 아닙니다!"

-네가 아니면 이게 대체 어떻게 알려진 거야!

오시노 판사는 전화해서 사토 슌지를 몰아붙였다.

그냥 개인적으로 친하다고 변명하려고 했지만, 판사라는 직업은 그 자체가 문제가 된다.

만일 그런 상황이라면 사정을 말하고 해당 사건에서 물러났어야 했다.

그런데 그러지 않아 결국 이게 터져 나가면서 그도 핀치에
몰린 것이다.

'이, 이게 아닌데…….'

자신이 미쳤다고 이런 걸 터트린단 말인가?

이건 자신의 인생을 조지는 길이다.

'노형진!'

그 순간 사토 슌지의 머릿속에 스치고 지나가는 한 가지
가능성.

설마 그 녀석이 자신에게도 사람을 붙였단 말인가?

아니, 그것 말고는 답이 없었다.

그러나 자신은 미즈노 코이치와 직접적인 관련이 없었다.
즉, 만난다고 해도 문제가 될 것은 없었다.

─어쩔 거냐고!

그때 전화기 너머에서 터져 나오는 목소리.

노형진이 노린 게 오시노 판사라는 것을, 그는 그제야 알
았다.

오시노 판사와 관련되어 전 소송들이 다시 시작되면, 자신
이 새로운 회장이 될 가능성은 완전히 제로가 된다.

빠드드득.

사토 슌지의 입에서 이빨 가는 소리가 들렸지만, 이미 방
법은 없었다.

"저는 대동의 새로운 회장으로서 상생을 최우선으로 하며……."

신동하의 취임식. 그리고 그런 신동하의 취임식에 대주주로서 초대받은 유민택.

"감개무량하군."

대동이 한국에 공격을 시작할 때 첫 공격 대상이 바로 대룡이었다.

그런데 이제 대룡은 대주주로서 대동과 손잡고 일본을 먹어 치울 준비를 하고 있다.

"당분간 일본은 무주공산일 겁니다."

극단적 경기 침체. 그 과정에서 사람들은 싼 물건을 선택할 것이다.

그리고 그 싼 물건은 아무래도 환율이 낮은 한국산이 될 가능성이 높다.

물론 중국산이 더 싸지만, 아무래도 중국산 물품의 품질은 믿을 수가 없을 테니까.

"당장 대룡자동차만 해도 그렇지요."

대동과 대룡이 손잡고 가장 먼저 시작한 것은 바로 자동차 시장 진출이었다.

두한의 자동차를 집어삼킨 대룡은 대동과 함께 서비스 센터 운영과 수리 교육을 시작했다.

그동안 일본에서는 극단적으로 한국 자동차를 꺼렸지만, 가성비에 있어서 한국 자동차가 유리한 것은 사실.

"더군다나 일왕은 친한파니까요."

망명을 받아 주고 심지어 권력까지 찾아 준 곳이 바로 한국이다.

"이대로 일본의 산업을 집어삼킬 수 있을 겁니다."

"쉽지는 않겠지만 말이지."

여전히 극우 세력은 남아 있고, 그들은 한국이 일본을 침략한다며 거품을 물고 있다.

"하지만 이 제국은 우리 것입니다."

"제국?"

"일본과 대동 말이지요."

천황도, 대동의 신동하도 결국은 자신들과 손잡은 황제들이다.

"그게 가장 마음에 드는군."

유민택은 미소를 지으며, 취임식을 하는 신동하를 바라보았다.

"제국의 주인은 우리들이지, 하하하."

사이비와 종교의 차이

신이 인간을 만들었을까, 아니면 인간이 신을 만들었을까?

철학자들에게는 영원한 숙제일 것이다.

많은 종교인들은 신이 인간을 만들었다고 하지만 반대로 철학자들은 인간이 신을 만들었다고 생각한다.

하지만 노형진에게 있어서는 둘 다 그저 개똥철학일 뿐이 었다.

진짜 중요한 건 그게 아니니까.

"가족을 구해 달라고요?"

"네. 방법이 없겠습니까?"

한국에는 종교의자유가 있다.

그리고 법 위에서 날뛰는 사기꾼도 있다.

그 둘이 만났을 때 완성되는 것이 바로 사이비 종교다.

"새나라교."

노형진은 테이블을 톡톡 두들기며 중얼거렸다.

한국에서 가장 유명한 사이비 종교다.

'그리고 가장 위험한 종교이기도 하지.'

노형진은 미래에 벌어지는 일에 관해 생각했다.

교주를 신으로 모시며, 그 교주의 명령에 따라 위험한 질병으로 전국에 테러를 벌였던 집단.

'멍청하기는 했지.'

엄밀하게 말하면 테러 집단으로 처벌받아야 했다.

실제로 고의로 질병을 퍼트리는 것은 생물학 테러를 하는 것이나 마찬가지니까.

그러나 종교 단체라는 가면을 쓰고 그들은 태연하게 범죄를 저질렀다. 그리고 제대로 된 처벌도 받지 않았다.

"새나라교는 무척이나 위험합니다. 아시죠?"

단순히 믿음의 문제가 아니다.

새나라교 교리의 핵심은 세뇌에서부터 시작된다.

그냥 신을 믿는 거라면 문제가 안 된다. 하지만 새나라교는 기본적으로 교주를 믿는다.

교주는 신이며, 세상이 멸망할 때 그가 신도들을 데리고 새로운 세상을 연다는 것이 기본적인 교리다.

"그래서 여기까지 온 겁니다. 우리 아이들을 찾기 위해서요."

노형진을 찾아온 사람은 새나라교의 피해자들의 모임인 사이비종교피해협의회라는 곳이었다.

"저희가 원하는 건 오직 하나뿐입니다. 우리 애들을 돌려 받는 거요."

"그게 제일 힘든 일입니다."

새나라교는 소문난 사이비이기 때문에 바깥에 있는 가족 들은 어떻게 해서든 신도들을 빼내려고 한다.

문제는 방법이 없다는 거다.

새나라교는 신도들이 외부로 나가는 것을 철저하게 막는다.

가족들이 신도를 빼 가는 것을 막기 위해, 다른 신도들을 이용해서 방해하고 끌어낸다.

심지어 납치나 폭행은 당연한 일이다.

'그리고 사이비의 특성을 생각하면 살인도 불사하겠지.'

새나라교와 비슷한 종교가 바로 만민구원파, 즉 만구파였다.

교주가 국가 반역 혐의로 사형을 언도받고 감옥에 있는 종교.

그 이후에 와해되기는 했지만, 만구파 신도들은 여전히 존 재하며 그들은 교주를 신으로 모시고 있다.

기업과 다르게 종교 집단은 그 리더가 잡혀간다고 해도 사 라지지 않는다.

"제발 우리 아이들 좀 구해 주십시오."

"한두 명이 아닐 텐데요?"

새나라교는 공식적으로 신도 수가 30만이 넘는다.

한국의 사이비계에서는 최대 규모를 자랑하는 곳 중 하나다.

'그리고 정치인들, 경제인들과의 결탁이 아주 강한 곳 중 하나지.'

새나라교가 사실상 국가에 대한 테러 행위를 할 때에도 정치계에서는 필사적으로 그들을 보호했다.

그 안에 숨어 있는 신도들이 엄청나게 많았던 것.

'그때도 박멸이 그렇게 힘들었는데.'

전 세계에 심각한 질병이 퍼지고 그걸 새나라교가 무차별적으로 뿌리는 와중에도 박멸은 불가능했다.

그런데 그런 곳을 지금 무너트린다?

'아니, 잠깐. 의뢰는 그게 아니잖아?'

노형진은 번뜩하고 정신이 들었다.

저들의 부탁은 새나라교를 무너트려 달라는 게 아니다. 세뇌되어 있는 가족들을 구해 달라는 것이다.

일반적인 경우라면 사람들을 구하기 위해서는 새나라교를 무너트려야 한다.

보통 그렇게 생각한다.

그랬기에 이들은 지금까지 실패해 왔던 것이다.

"가족분들만 구하면 되는 건가요?"

"네."

"돈이 얼마가 들어도 상관없습니까?"

"상관없습니다. 가족들만 데리고 올 수 있다면요."

"그 이후에 무슨 문제가 생겨도요?"

"그런 게 두려웠다면 그냥 잊어버렸을 겁니다."

노형진은 고개를 끄덕거렸다.

"이건 저희가 한번 해 보지요."

⚖️

"새나라교. 이건 진짜 건드리기 애매한데."

새나라교라는 말에 김성식은 눈을 찌푸렸다.

김성식뿐만 아니라 대부분의 변호사들이 눈을 찌푸렸다.

"그렇지요. 변호사 하면서 새나라교랑 한번 안 엮이는 사람이 없으니까요."

재판의 상대로 만난다거나 포교의 대상으로 만난다거나 하는 식으로 말이다.

대부분의 사이비 종교가 그렇듯 새나라교 역시 주요 목적은 돈과 권력이다. 그리고 변호사는 그러한 돈과 권력을 가지고 있는 사람 중 한 명이다.

"새나라교라면 진짜 엮이고 싶지 않은데."

"김 대표님은 잘 아시나 봅니다."

"사람들이 모를 뿐이지, 이놈들이 얼마나 질긴 줄 아나? 정치인들에게 거의 매주 접견 신청을 하네. 국회의원뿐만 아니라 심지어 총리나 대통령에게까지 접견을 신청해서 세뇌를 시도하는 놈들이야."

"총리에다 대통령에게까지요?"

"그래."

고개를 절레절레 흔드는 김성식.

그는 검사 시절에 새나라교와 많이 엮였었기 때문에 그들의 방법에 대해 잘 알았다.

"심지어 총리의 집에 수십 명이 몰려와서 접견 요구를 한 적도 있다네. 이놈들은 제정신이 아니야."

"저도 한번 재판정에서 만났는데, 이건 뭐 답이 없더군요."

고개를 흔드는 무태식.

"벽에 대고 말을 해도 이것보다는 더 말이 통할 겁니다."

"그럴 거야. 기본적으로 새나라교의 교리 자체가 이상하니까."

새나라교의 교리에 따르면 육신과 재산은 이 세계의 의미 없는 찌꺼기일 뿐이며 그 모든 것은 신, 즉 교주를 위해 바치도록 되어 있다.

"솔직히 말하겠네. 새나라교는 사이비 종교가 맞아. 하지만 우리가 어떻게 할 수 있는 수준을 넘어섰네."

"하지만 우리는 만구파도 무너트렸습니다."

"만구파 신도 수가 얼마나 되었지? 3만? 4만? 이놈들은 30만이야, 30만. 거기에다 이놈들은 교주의 말 한마디면 테러도 불사할 놈들이라고."

"맞습니다."

맞다. 노형진이 직접 두 눈으로 봤다.

치명적인 질병을 퍼트리기 위해 사방으로 돌아다니던 그 모습을 말이다.

"그래서 그걸 이용해서 처리할까 합니다."

"그게 무슨 소리인가?"

"방금 말씀하지 않으셨습니까, 제정신이 아니라고."

"그렇지."

"그러면 정신병원에 넣어야 하지 않겠습니까?"

"으음…….'

조용히 듣고 있던 고연미 변호사가 고개를 갸웃했다.

"이미 그건 몇 번 해 봤잖아요? 다른 사람들도 시도했지만 실패한 걸로 알고 있는데."

제정신이 아닌 거야 주변의 가족들이 보면 당연히 알고, 그 때문에 정신병원에 넣으려고 하는 것도 당연한 일이었다.

실제로 새나라교 입교 문제로 정신병원에 들어가는 사람들은 많았다.

그래서 새나라교는 신도들에게 주변에 자신의 종교를 부정하도록 권한다.

쉽게 말해서 새나라교 교인인 걸 감추라고 하는 것이다.

사실 조금만 생각해 보면 그게 비정상이라는 것을 알 수 있다.

종교는 자신의 신념을 드러내는 선택 중 하나다. 그런데 그걸 감춰야 한다?

그러면 그 종교는 비정상적인 거다.

물론 박해받는다면 그럴 수도 있다.

그러나 공식적으로 대한민국은 종교 단체에 대해 위법만 아니면 박해를 한 적이 없다.

자칭 박해라는 것도 결국 새나라교의 위법 사항 때문이거나 교리적 충돌로 인한 주류 종교와의 싸움이지, 공식적인 박해는 없었다.

애초에 대한민국은 헌법으로 종교의자유를 인정하고 있다.

"맞습니다. 정신병원에 넣어 봤지요. 그러나 판사의 판결은 그들을 풀어 주는 것이었습니다."

법적으로 2인 이상의 가족의 동의를 얻는다면 환자를 강제로 정신병원 폐쇄 병동에 넣을 수 있다.

"웃긴 일이지만 그 문제를 무너트린 건 우리죠."

돈 때문에 끌려간 사람들이 워낙 많았기에 새론에서는 그들을 꺼내기 위해 소송을 전담한 적이 있었고, 그래서 폐쇄 병동에 있다 해도 소송을 통해 나오는 건 어려운 일이 아니게 되었다.

실제로 그렇게 나온 사람들은 새나라교에 다시 들어가서 나오지 않았다.

"그런데 정신병원에 넣는 게 가능하겠어요?"

"순서를 바꾸면 됩니다."

"네?"

"기존 방법은 일단 정신병원에 넣는 거죠."

그리고 그 사람들이 법원에 소송을 걸어서 풀려나는 거다.

"하지만 반대로, 먼저 법원에서 정신이상 판단부터 받도록 하는 겁니다."

"법원에서 정신이상 판단부터 받자고?"

"네. 불가능한 건 아니지 않습니까?"

"흠……."

다들 생각에 빠졌다.

확실히 애매한 문제이기는 하다. 교리는 실로 애매한 부분이기 때문이다.

종교와는 거리를 두는 것이 법이다.

당연히 교리를 법으로 판단하려 하지 않는다.

"정신병원에서 소송을 걸면 대부분의 새나라교 신도들은 종교적인 교리라고 주장합니다. 그렇지요?"

"그렇지. 그러면 결국 판사들이 교리임을 인정하지."

그게 새나라교 교인들이 정신병원에서 빠져나오는 방법이다.

"아무리 정신이상으로 몰아붙여도 애초에 교리가 그러니까……."

"그 부분을 역으로 가자는 거죠."

"역? 어찌 되었건 교리가 바뀌는 건 아니지 않나? 교리라고 주장한다면 달라지는 건 없을 것 같은데."

"소송의 당사자를 바꾸는 겁니다."

"소송의 당사자를 바꾼다고?"

"지금까지의 소송에서 주장한 것은 '내 가족이 정신이상입니다. 그래서 정신과 치료를 해야 합니다.'였지요."

수십 년 동안 그래 왔다.

노형진도 과거에 새나라교 사건을 본 적이 있는데, 그때도 그랬다.

"그게 정상이잖아요?"

"제 의견은, 반대로 신도를 피해자로 표현하는 겁니다."

"피해자요?"

"네. 그러니까 '제 가족이 세뇌를 당했습니다.'라는 게 되겠지요."

노형진의 설명에, 방 안에 있던 모두의 얼굴에 의문이 떠올랐다.

"그런다고 뭐가 달라지지?"

"일단 소송의 주체가 달라집니다."

기존에는 '가족 대 다른 가족'이라는 형태였다.

하지만 이렇게 소송하게 되면 결과적으로는 '가족 대 교단'이라는 형태가 된다.

"여기서 문제가 되는 건 바로 세뇌입니다. 믿음과 세뇌는 좀 다르거든요."

이것이 법이다

가족 대 가족의 싸움이라면 교리는 인정될 수 있다.

왜냐? 종교라는 것은 개인의 선택이기 때문이다.

"하지만 세뇌의 문제로 싸운다면?"

그 순간 무태식이 크게 소리쳤다.

"문제의 핵심은 세뇌 여부가 되겠군요!"

"맞습니다. 이 둘의 차이는 어마어마하지요."

만일 교리라고 싸우게 되면 법원 헌법상의 종교의자유에 관한 부분 때문에 새나라교의 신도에게 유리한 판결을 할 수밖에 없다.

그게 지금까지 신도의 가족들이 진 가장 큰 이유였다.

"교리로 인정되는 순간 그건 과학적 영역을 넘어가니까요."

주류 종교에서도 그들 교리의 모든 부분이 다 과학적인 것은 아니다.

천주교나 기독교에서 말하는 것처럼 물고기 몇 마리와 떡 몇 개로 수만 명의 사람을 먹였다는 건 과학적으로 불가능하며, 불교에서 말하는 윤회나 업보 같은 것은 증명된 바가 없다.

이슬람교에서 말하는, 순교자에게 주어지는 수십 명의 처녀들도 죽었다가 돌아온 경우가 없으니 증명 불가이고.

"그런 면에서 보면 현재 교주를 살아 있는 신으로 모신다고 한들 그게 진짜 법적으로 불법이 될 수는 없습니다."

그건 교리고, 종교의 교리는 다소 허황된 부분이 있다 해도 당연히 인정되는 거니까.

"세뇌라⋯⋯."

"종교의자유는 헌법에서 규정하고 있습니다. 그런데 그 종교를 선택하는 방법은 인간의 자율적인 의사에 따라야 합니다."

불교든 천주교든 기독교든 이슬람교든 아니면 하늘을 나는 스파게티교든, 개인의 판단과 선택에 따라 결정하면 그걸 다른 누군가가 터치할 수는 없다.

그게 바로 종교의자유.

"그렇군. 우리가 따질 것은 교리의 이단성이 아니라 그걸 선택하게 된 과정인 거로군."

"맞습니다. 지금까지는 모든 사람들이 해당 종교 집단의 이단성을 가지고 따졌지만요."

하지만 그 이단성이라는 것 또는 사이비라는 것도, 결국 각 세력의 이권에 대한 판단이다.

법원은 종교와 거리가 있고, 특정 종교에 대한 이단 여부를 판명하는 곳이 아니다.

"끄응⋯⋯ 그래 왔으니 우리가 지금까지 진 거군."

다들 아차 싶은 표정이 되었다.

법원에 대고 '이거 이단입니다!'라고 아무리 외쳐 봐야 법원에는 그걸 판단할 권리가 없다.

"하지만 세뇌라면 이야기가 달라지지요."

세뇌는 법적으로 불법이며 위계에 의한 범죄에 들어간다.

그리고 그 과정이 인정된다면 당연히 치료를 위한 과정은 필수가 된다.

"그리고 제가 알기로는 새나라교에서 기본적인 교리 설파 시 세뇌 과정을 거칩니다."

그러지 않는다면 그런 황당한 종교를 누가 믿겠는가?

저들은 성경 공부라고 하지만 사실상 그건 개인의 세뇌 과정이다.

"아 다르고 어 다른 게 법이지요. 또한 아 다르고 어 다른 게 종교입니다. 이게 종교의 영역에 들어가는지 아니면 법의 영역에 들어가는지는, 아직 답이 없으니까요."

만일 세뇌를 이용한 범죄라면 그건 확실히 처벌 대상이 된다.

노형진의 설명을 들은 김성식은 확신에 찬 눈빛으로 말했다.

"바로 진행할 수 있겠군. 하지만 이미 들어간 사람들은 어쩔 수 없을 것 같은데."

"일단은 아직 바깥에 있는 사람들의 유입부터 막지요. 그 이후에 문제를 해결해야 할 겁니다. 그리고……."

"알고 있네. 이건 진짜 기록으로 남겨야 해."

30만의 새나라교인. 그리고 그만큼의 피해자 가족들이 있다.

만일 새론에서 이 문제를 해결할 수 있는 방법을 찾아낸다면 그 가족들은 모두 새론으로 몰려들 것이다.

"더군다나 사이비 종교는 그것만 있는 게 아니니까요."

"그렇지."

한국에서 자칭 지상의 신이라 주장하는 사람들의 숫자가
쉰 명쯤 된다고 한다.

그리고 추정상 새나라교 같은 사이비 종교를 믿는 사람들
의 숫자는 대략 150만 명쯤 된다.

즉, 그런 종교에 빠진 다른 종교 교인들의 가족들도 몰려
올 거라는 거다.

그들은 가족만 구할 수 있다면 돈을 아끼지 않을 테고 말
이다.

새론은 그러한 집단소송을 전문적으로 하는 로펌이다.

"우리도 완전 전투 모드로 들어가야겠군."

"하늘도 동원해야 할 겁니다. 그래도 최소한 10년 이상은
싸워야 할 테고요."

이게 통과되면 사이비 교단들에서는 더더욱 가열하게 포
교하면서 수익을 유지하려고 할 테니, 그 싸움은 어쩌면 영
원히 계속될지도 모른다.

"징병검사도 그렇고, 우리 회사가 망할 일은 없겠군, 하하하!"

김성식은 크게 웃으며 말했다.

⚖

노형진은 피해자들에게 연락해서 적당한 케이스를 선택했다.

첫 번째 피해자는 송진혜라는 20대 여성이었다.

이것이 법이다

대학교를 다니던 중 새나라교에 세뇌되어 학교도 그만두고 오로지 거기에 매달리게 된 여성이었다.

그 가족들은 노형진을 만났을 때 얼굴이 창백하다 못해 아예 죽을 것 같은 표정이었다.

"진짜 될까요?"

"될 겁니다. 되도록 만들 겁니다."

송진혜의 가족들에게 노형진은 차분하게 말했다.

"그러면 그, 형사적 처벌이 가능한 겁니까?"

"애석하게도 형사적 처벌은 불가능합니다."

"네? 어째서요!"

"세뇌에 대해서는 아직 법이 없으니까요. 다른 법을 적당히 적용시킬 수 있겠지만, 그러기 위해서는 피해자가 고발해야 합니다."

세뇌라고 하면 사람들은 무척이나 오래된 전술이라고 생각한다.

하지만 세뇌는 사실 그리 오래된 것은 아니다.

일반적으로 세뇌라는 것은 6.25 당시에 중국군이 연합군의 포로들을 대상으로 시작한 걸 처음이라고 생각한다. 그이후에 지속적으로 발전되어 왔지만, 아직 그에 따른 처벌규정은 그다지 발달되어 있지 않다.

워낙 드문 범죄이고, 세뇌의 특성상 피해자가 자신이 피해자라는 걸 인식하지 못하기 때문이다.

"하지만 민사적으로 세뇌라는 게 인정된다면 정신병원에 강제 감금이 가능합니다. 그때부터는 반세뇌를 통해 푸셔야 하고요."

인간을 세뇌하는 방법이 연구된 만큼 세뇌를 푸는 반세뇌 역시 연구되었다.

그러나 세뇌의 전문가는 많아도 반세뇌의 전문가는 많지 않다.

그럴 수밖에 없는 게, 세뇌의 전문가들은 그걸 이용해서 자신의 이익을 취하니까.

그에 반해 세뇌를 푸는 반세뇌의 전문가들은 오로지 타인을 위해 해야 하니 숫자가 많을 수가 없다.

"제발…… 제발, 믿겠습니다."

송진혜의 가족들은 노형진의 손을 붙잡고 눈물을 흘렸다.

⚖️

재판이 시작되자 새나라교에서는 당연히 피해자를 대신해서 변호사를 내보냈다.

'사실상 피해자의 가족이 피해자를 구하기 위해 하는 소송인데 피해자가 저항한다니, 이거 참 상황 웃기네.'

노형진은 씁쓸하게 미소 지으며 새나라교의 변호사를 바라보았다.

그 변호사에 대해서는 그다지 고민하지 않았다.

당연하다.

'새나라교의 특징을 생각하면 당연히 소속 변호사일 테니까.'

그리고 정상적이고 논리적인 변호사라면 새나라교같이 황당한 사이비에 빠지지는 않는다.

보통 사람들은 변호사가 똑똑한 이들이라고 생각한다. 하지만 그게, 그들이 지혜롭다는 의미는 아니다.

시험을 잘 보고 국영수를 잘해서 변호사가 될 수는 있겠지만, 진짜 변호사로서 능력이 출중하고 어지간한 사건에 다 대응할 수 있는 사람이었다면 과연 사이비에 빠질까?

"친애하는 재판장님, 이번 사건에서 송진혜 양은 절대 세뇌당한 것이 아닙니다. 송진혜 양은 자신의 신념과 양심에 따라 자신의 종교를 선택한 것뿐입니다. 대한민국은 그러한 종교와 양심의 자유가 있는 나라입니다."

아니나 다를까, 상대방 변호사는 예상대로 종교와 양심의 자유를 들고나왔다.

지금까지는 그것만으로도 충분히 이길 수 있었으니까.

'하지만 이번에도 그럴까?'

노형진은 피식 웃고는 판사를 바라보며 말했다.

"판사님, 이번 사건은 종교의자유와는 아무런 관련도 없는 사항입니다. 이번 사건에서 중요한 것은 피해자가 선택한 종교를 믿을 자유가 있는가에 관한 부분이 아니라, 그 선택이 과연 정상적인 과정을 거쳐서 이루어진 것인가에 관한 부분이니까요."

"그게 그겁니다, 판사님. 개인의 선택은 결코 건드릴 수 없는 개인의 영역의 문제입니다. 그걸 자신들의 종교적 교리에 맞지 않다는 이유로 피해자라고, 세뇌당했다고 주장하는 것은 종교적 탄압입니다."

상대방 변호사는 계속 종교적 탄압으로 몰고 갔다.

그럴 수밖에 없다. 지금까지 그렇게 방어해서 승리해 왔으니까.

'하지만 재판은 사실을 통한 진실의 획득 과정이지.'

즉, 그 과정이 사실이라면 그 행위가 불법으로 판명될 가능성 또한 아주 높다는 걸 의미한다.

"재판장님, 이 사건에 들어가기에 앞서 확인해 주실 게 있습니다. 갑제 1호증을 봐 주시기 바랍니다. 해당 내용은 과연 세뇌가 어떻게 이루어지는가에 대한 설명입니다. 지금까지 대한민국에서는 세뇌로 인한 범죄와 관련하여 그 법률적 판단이 없었던 바, 그와 관련하여 자세한 논문을 준비해 왔습니다."

노형진의 말에 판사는 미리 제출되어 있는 서류를 바라보면서 속으로 한숨을 쉬었다.

그 모습을 보면서 노형진은 피식하고 웃었다.

'그러겠지.'

전문적인 논문을, 그것도 엄청나게 두꺼운 논문을 볼 생각을 하니 한숨만 나올 것이다.

더군다나 심리학 계통의 논문들은 난이도가 매우 높고 애매모호한 표현이 많아서 이해가 쉽지 않다.

"다만 시간적 여유가 없으므로 간략한 내용으로 첨부한 요약본을 갑제 1-2에 첨부하였으니 확인하여 주십시오."

그러면서 노형진은 다음 설명으로 슬쩍 넘어갔다.

"일반적으로 쓰이는 세뇌에 관련된 방법은 크게 두 가지입니다. 첫 번째는 로버트 제이 리프톤이라는 사람이 연구한 것으로, 중국의 세뇌 기술을 기반으로 만들어진 것입니다."

노형진은 그렇게 말하면서 페이지를 넘겼다.

"이를 리프톤 지침이라고 하는데, 세뇌 집단에서 공통적으로 드러나는 특징입니다. 간략하게 말씀드리면 환경의 통제와 선민의식, 신성불가침 교리 그리고 조직 내 은어 등이 있습니다."

노형진은 그렇게 말하면서 슬쩍 변호사를 바라보았다.

하지만 변호사는 뭐가 잘못되었는지 모르는 눈치였다.

'미친놈은 자기가 미쳤다는 걸 모른다고 하지.'

딱 봐도 이 몇 가지 규칙이 새나라교의 교리와 딱 맞아떨어진다는 걸 알 수 있는 정도다.

하지만 정작 변호사는 전혀 그렇게 생각하지 못하는 모양이다.

"그게 이번 사건과 관련이 있습니까?"

"그렇습니다. 일단 환경 통제에 관한 부분을 말씀드리자면, 환경의 통제는 주변에서 완전 고립시키는 형태로 이루어집니다. 그리고 저는 새나라교에 교육생 기간이라는 게 있는 걸로 알고 있습니다."

새나라교의 교육생은 일정 기간 공동체로 생활하면서 교육을 받는다.

"이 시기에는 외부와의 만남이 철저하게 차단됩니다. 심지어 개별적인 의사소통이나 책이나 잡지 또한 금지하며 가족의 방문은 금기 사항입니다. 그렇지 않습니까?"

상대방 변호사는 살짝 당황하는 눈치였다.

실제로 교육생 기간에 그렇게 진행되니까.

"선민의식에 대해 이야기해 볼까요? 새나라교의 교리에서는 세상이 멸망할 때 교주가 선택한 신도만이 새로운 세상에서 새로운 인류가 된다고 합니다."

"그건……."

"아니었나요?"

변호사는 입을 다물었다.

아니라고 하면 자신이 교리를 정면으로 들이받는 꼴이 된다.

일반 변호사라면 모르지만 교리를 받드는 신도라면 절대 입 밖으로 낼 수 없는 말이었다.

"세 번째, 신성불가침의 교리. 음…… 간단하게 생각하면 되겠네요. 현재 새나라교의 교주는 이만호입니다. 이만호는 살아 있는 신이며 새로운 세상의 구세주이죠. 말 그대로 부정할 수도 범접할 수도 없는 신성불가침의 존재입니다. 새나라교는 그렇게 가르치고 있지요."

"아닙니다!"

당연히 아니라고 거짓말을 하는 상대방 변호사.

물론 노형진은 그런 변호사의 말에 흔들리지 않았다.

"아닌가요?"

"그렇습니다. 그건 종교의 교리일 뿐입니다."

"좋습니다."

노형진은 고개를 끄덕거렸다.

그리고 상대방 변호사를 바라보며 물었다.

"변호사님, 종교가 무엇입니까?"

"네?"

"종교가 무엇이냐고 물었습니다."

"불교입니다."

"그러면《반야심경》앞부분 조금만 불러 주십시오."

변호사는 말을 못 했다.

불교 신자라고 하면, 아무리 나이롱 신자라 해도 최소한 그 시작 부분은 당연히 알 수밖에 없다.

《반야심경》이야말로 불교의 근간이며 가장 기본이니까.

마치 목사들이 기도를 시작할 때 '하나님 아버지'라고 말한다는 걸 모든 기독교인들이 아는 것처럼 말이다.

"어려운가요? 불교인이시라면서요."

"그건 개인적인 부분입니다."

"뭐, 알겠습니다."

노형진은 고개를 끄덕거렸다.

그리고 시계를 힐끔 보았다.

'올 때가 된 것 같은데.'

그때 문이 열리면서 재판정 안으로 들어오는 사람들.

그들을 보고 노형진은 빙긋 웃었다.

'역시나 들어오는군.'

변호사는 재판 중에 누가 들어오는지 궁금해서 고개를 돌렸다가 얼굴이 창백해졌다.

거기에는 자신의 가족들이 있었으니까.

'내가 저 변호사 가족들의 종교는 모르지만……'

가족들도 새나라교의 교인일 수도 있다. 아니면 다른 종교일 수도 있고.

물론 어느 쪽이든 상관없다.

"변호사님."

"말씀하십시오."

떨리는 목소리로 답하는 변호사.

노형진은 그가 새나라교 소속이라는 걸 안다. 새나라교의 특성을 생각하면 당연히 소속 변호사를 보낼 테니까.

본인은 부정할 것이라는 것도 안다.

그래서 증거이자 함정을 마련했다.

"음…… '이만호는 가짜 선지자이며 그릇된 예언자이며 패배자이다. 그는 신이 아니라 인간이며 한낱 사기꾼일 뿐이다.' 한번 해 보세요."

"……!"

눈이 커지는 변호사.

그 모습을 본 노형진은 피식 웃었다.

'말할 수가 없겠지.'

새나라교는 포교나 이득을 위해 거짓말하는 것은 인정한다. 하지만 단 하나, 신인 이만호에 대해서는 어떠한 불경도 불가능하다.

그나마 아무리 봐줘도 '이만호 개새끼.'는 가능하지만, 그의 신성을 부정하는 것은 무조건 지옥행이다.

"너무 긴가요? 딱히 그렇지도 않은 것 같은데요."

"……."

상황을 주시하던 변호사의 가족들의 눈이 커지는 게 보인다.

'딱 봐도 가족들은 변호사가 새나라교 신도인 걸 몰랐던 모양인데.'

만일 가족들도 신도라면 그 앞에서 이만호를 부정하지는 못할 것이다.

반대로 신도가 아니라고 해도, 변호사는 신도일 테니 이만호를 부정하지 못한다.

어느 쪽이든 결과는 똑같다.

"아까 불교라고 하셨나요? 그런데 왜 이만호를 부정하지 못하십니까?"

"그건…… 개인의 종교적 침해……."

"불교인이라고 하지 않으셨나요? 그렇다면 이만호는 당연히 변호사님의 구원자가 아니지요. 불교에서 구원자는 부처입니다만?"

코너로 몰리는 상대방 변호사.

그러나 노형진은 그를 놔줄 생각이 없었다.

"의뢰인의 종교를 존중하는 것입니다."

"그러면 이렇게 말씀하시면 되겠네요. '이만호는 나의 신이 아니다.'"

종교가 다르다면 전혀 문제가 될 게 없는 일이다.

그러나 그 말조차도 상대방 변호사는 하지 못했다.

"왜 못 하시나요?"

"……."

"변호사님, 진짜 불교인 맞으십니까? 혹시 새나라교인은 아니십니까?"

"……."

대답하지 못하는 변호사를 보던 노형진은 몸을 돌려서 판사를 바라보았다.

"친애하는 재판장님, 세뇌에서 신성불가침의 영역에 대한 부분은 증명된 것 같습니다만."

"으음……."

판사도 당혹스러운 모양이다.

말이 아니라 실전으로 눈앞에서 증명해 냈으니까.

"그리고 내부적 은어가 있지요. 새나라교에는 수확꾼이라는 직책이 있습니다. 다른 종교에 속해 있는 사람을 속여서 데리고 오는 역할을 하는 사람들을 뜻하지요."

그것만 있는 게 아니라 S라는 은어는 신도를 뜻한다.

또한 종일 사역자는 열성 신도를, 사냥터는 기성의 교회를, 씨알곡은 돈이 되는 포교 대상을, 쭉정이는 포교할 가치가 없는 가난뱅이를 뜻한다.

"수많은 연구를 통해 내부에서의 동일한 은어의 사용은 내부의 결속과 세뇌에 도움이 된다는 사실이 드러났습니다."

노형진의 말은 진중하고 무거웠다.

물론 상대방 변호사는 애써 변명하려고 했다.

"재판장님, 하지만 이 모든 것은 다른 종교 단체에서도 이루어지는 일입니다. 천주교나 기독교 등에서도 자체적인 단어를 사용하며 또한 성경 공부 등을 합니다. 다른 곳과 규칙이 같은데 저희만 이단이라고 할 수는 없습니다."

"저희요?"

노형진이 그의 실수에 미소를 지으며 빤히 바라보자 변호사는 아차 하면서 입을 가렸다.

그러나 이미 그가 새나라교의 교인인 것을 알아챈 그의 가족들은 무너지고 있었다.

물론 그의 인생이 조져지든 말든 노형진은 상관없다.

"그렇지요. 대부분의 종교에서는 각자의 특색이 있는 방법을 씁니다. 자기만의 단어를 쓰고요."

그걸 부정할 수는 없다.

그건 단체를 결속시키는 가장 흔한 방법 중 하나이니까.

"그럼 갑제 2를 봐 주시기 바랍니다. 이는 아까 말씀드린 세뇌의 방법을 좀 더 구체화한 겁니다. 이 부분에서부터 새나라교는 다른 종교와 차이가 나기 시작합니다. 이걸 BITE라고 합니다."

첫 번째는 행동 통제.

옷부터 헤어스타일까지, 모든 것을 통제한다.

당연히 시간도 통제하고 개인의 모든 특징은 무시된다.

엄격한 규칙이 존재하며 질문은 인정되지 않는다.

"다른 종교에서는 그렇지 않지요."

다른 종교는 옷 같은 것에 대해 자유롭다.

특수한 상황, 즉 공연 등의 상황이 아닌 이상에야 일상적인 예배 등에서는 복장을 터치하지 않는다.

그것이 통제되는 대상은 오로지 성직자뿐이다.

"하지만 새나라교는, 모든 신도들은 검은색 하의와 하얀

색 상의를 입으라고 규정된 규칙이 있습니다. 그리고 헤어스타일도 한정된 규칙 안에서 정하도록 되어 있습니다. 시간도 마찬가지. 모든 신도는 하루 한 시간 이상 이만호에 대한 예배를 봐야 하며 수요일과 토요일 그리고 일요일은 무조건 새나라교의 교단에 출석하는 것이 의무화되어 있습니다. 만일 나가지 않으면 부정한 자로 찍혀서 온갖 욕을 먹게 되지요. 이탈자들의 말에 따르면 조금이라도 늦으면 3분 단위로 전화가 오고, 하루라도 빠지면 바로 다음 날 신도들이 들이닥친다고 합니다. 그런데 다른 종교는 어떨까요?"

딱히 규칙이 없다.

나오면 좋지만, 나오지 않는 상황에 대한 징벌적인 규정은 없다.

연락도, 나오지 않으면 건강 등에 대한 기타 걱정 때문에 전화는 할지언정 무조건 하지는 않는다.

"새나라교의 교리 중 질병이나 상해는 신에 대한 부정이라는 내용이 있습니다. 즉, 아무리 아프고 죽을 것 같아도 나와서 예배를 봐야 한다는 거지요."

'그리고 그 때문에 나라가 아주 개판이 된 거지.'

미래를 아는 노형진은 고개를 절레절레 흔들었다.

"그리고 두 번째 통제가 생각 통제입니다. 재판장님, 여기에 보시면 새나라교는 주기적으로 시험을 보는 것으로 되어 있습니다."

교리와 자신들의 신인 이만호의 말씀에 대한 시험을 보는 것이야말로 그들의 가장 중요한 행사 중 하나다.

"그리고 그게 속임수이지요."

시험의 결과는 공지되며 그 결과로 믿음의 순위가 결정된다.

그 때문에 새나라교에 속하면 정신없이 새나라교의 교리와, 그 주에 이만호가 한 말에 대해 공부하고 외워야 한다.

"생각의 통제는 기본적으로 생각할 틈을 주지 않는 것에서 시작됩니다. 내가 지금 무엇을 하는가, 아니면 내가 하고자 하는 게 무엇인가에 관해 생각해야 사람은 발전합니다."

자신에 대한 굳은 신념이 있어야 사람은 자립하고 앞으로 나아갈 수 있다.

그러나 새나라교에서는 그게 불가능하다.

신도 개개인의 특성을 완전히 무시하고, 그들을 정신없이 몰아붙이며, 그러한 방식으로 자존감을 붕괴시킨다.

"일종의 공포를, 각 신도들의 머리에 심는 겁니다."

그들이 아는 건 새나라교의 교리와 이만호가 한 말뿐이다.

그들이 사회에서 스스로 뭔가를 하거나 이룩해 낸 것이 아니라 단체 안에서 시험 성적으로 서열을 매기기에, 거기에서 떨어지면 사회적 탈락자, 인생 실패자로 매도된다.

전형적인 공포화 전략이다.

눈앞의 이 작은 세상이 전부인 것처럼 세뇌하고 그 결과, 외부로 나가는 것을 더더욱 두려워하게 된다.

"그건 자연스럽게 감정 통제로 넘어갑니다."

감정의 통제, 즉 사람이 외부에 두려움과 공포를 가지게 함으로써 결과적으로 종교에 빠져서 허우적거리게 하는 것.

그것이야말로 궁극적인 목표가 된다.

두려움에 빠진 사람은 거기에서 벗어나기 위해 뭐라도 잡으려고 한다.

그리고 사이비 종교에서는 그게 바로 자칭 구세주, 즉 사기꾼들의 신이 된다.

"이 경우는 이만호가 되겠지요."

오로지 이만호만을 믿고 따르며 그에게 모든 것을 바치게 하는 것. 그게 바로 전략이다.

"마지막으로 정보의 통제가 있습니다."

외부에서 하는 말을 이상하게 해석하고, 그 해석된 말을 신도들에게 알려 주는 것이다.

가령 모 종교인이 범죄를 저질렀다고 치자.

그런 경우 일반적으로 정상적인 사람이라면 종교와 상관없이 그놈은 나쁜 놈이라고 이야기한다.

하지만 새나라교처럼 정보가 통제되고 있는 경우에는 다음과 같은 순서로 해석된다.

종교인의 범죄 → 세상은 그 종교를 좋아하지 않는다. → 그 종교인은 그 종교를 믿기에 탄압의 대상이 된다. → 그 탄압을 위해 외부의 세력이 그 종교인에게 죄를 뒤집어씌운다.
→ 우리는 그 종교인과 같은 종교를 믿는다. → 외부에서는
우리 종교를 탄압한다.

'정상적인 사람이라면 이게 뭔 궤변인가 싶겠지만……'
생각보다 그런 과정으로 해석하는 사람들은 무척이나 많다.
종교뿐만 아니라 정치에서도 그런 식으로 해석하는 놈들
이 무척이나 많다.

야당 정치인의 범죄 → 야당은 여당에 반대하는 세력 →
야당은 여당보다 힘이 없다. → 그리고 여당은 야당을 싫어
한다. → 즉, 날조다. → 야당 정치인의 범죄는 정치 탄압이다.

이런 식으로 문제가 해석되니 도무지 범죄가 줄어들지 않
는 것이다.
진짜 범죄를 추적하려고 해도 탄압이라고 거품을 무니까.
"갑제 3호증을 봐 주시기 바랍니다. 그동안 새나라교에서
발표한 뉴스들을 정리한 것입니다."
새나라교는 자체적으로 방송국과 언론사를 가지고 있다.
물론 방송국이라고 해 봐야 결국 인터넷 방송국이지만, 모
든 새나라교의 교인들은 의무적으로 그걸 봐야 한다.
"그곳에서 나온 이야기에 따르면 기본적으로 새나라교는

내부의 부패나 범죄에 대해 무조건 외부의 공격으로 만들어진 가짜라는 포지션을 취합니다. 실제로 형사사건으로 인해 처벌이 진행되어도 말이지요."

그런 경우는 우리의 성도가 외부의 공격으로 누명을 쓰고 처벌을 받았다는 식으로 이야기한다.

"아까 전에 변호사님이 그러셨지요, 안 그런 종교가 어디 있냐고? 그러면 이렇게 자세하게 분석했을 때, 실제로 이렇게 행동하는 종교가 또 어디가 있지요?"

"……."

당연히 세상에서 이단 또는 사이비로 분류되는, 사기성 짙은 종교들뿐이다.

"친애하는 재판장님, 보다시피 새나라교 교단의 포교 방식 또는 그 이후의 신도 관리 방식은 전략적인 세뇌를 기반으로 이루어져 있습니다. 종교의자유는 인정할 수 있습니다. 하지만 종교의자유라는 미명하에 누군가를 세뇌한다면 그것이 과연 종교의자유일까요?"

"세뇌는 기본적으로 흔하게 쓰는 방법입니다. 그리고 세뇌가 위험하다는 원고 측의 주장은 터무니없는 주장입니다."

노형진은 피식 웃었다. 세뇌가 위험하지 않다?

'그럴 리가 있나.'

세뇌는 위험하다. 너무 위험하기 때문에 문제가 된다.

"친애하는 재판장님, 우리는 여기서 새로운 문제를 생각해 봐야 합니다.”

“새로운 문제라니요? 안건이 다르다는 겁니까?”

재판장은 묘한 표정으로 질문을 던졌다.

그러나 노형진은 단순히 안건이 다르다는 이유로 새로운 문제라고 이야기한 것이 아니었다.

“그게 아닙니다. 한국에 새나라교와 비슷한 방식의 포교 방식과 운영 방식 그리고 교리를 가지고 있던 종교가 있습니다.”

“그런 종교가 있다고?”

“갑제 7호를 봐 주시기 바랍니다. 그 종교의 교리와 운영 방식이 적혀 있습니다. 그 종교는 만민구원파, 즉 만구파입니다.”

판사의 눈이 어느 때보다 커졌다.

⚖

만민구원파, 만구파.

실제 만민구원파라는 것도 그냥 자기들이 만든 이름이다.

원래 만구파의 의미는 교주인 성만구의 이름을 따온 것이다.

“만구파가 언급되는 순간 판사들의 눈이 엄청나게 커지더군요.”

재판에 동행했던 무태식은 피식 웃으며 말했다.

“그럴 만하지요. 한국에서 만구파는 진짜 심각한 문제였으니까요."

한국 내부에서 흔하지 않은 무장 반역 세력. 그게 바로 만구파였다.

그들은 지대공미사일까지 준비해 가면서 국가 전복을 시도했다.

물론 세력을 늘리기 전에 노형진에게 걸리면서 갈려 나갔지만.

"그런데 어떻게 만구파와 새나라교의 교리가 이렇게 비슷하지요?"

"사이비 종교라는 것은 결국 사기이니까요."

완벽히 새로운 교리, 완벽히 새로운 포교 방식, 완벽히 새로운 종교?

그런 건 없다.

물론 진짜 순수한 새로운 종교라면 그럴 수도 있다.

"하지만 사이비 종교는 종교가 아니라 비즈니스입니다."

포교로 돈을 벌어서 어떻게 해서든 자신의 배를 채우려는 것.

"사업은 기존에 성공한 모델이 있다면 그걸 따라가는 게 너무나 당연한 일이지요."

"아아."

만구파 역시 가장 성공한 방식을 따라 포교하고 세를 확장했던 것이다.

"어? 그러면 만구파가 새나라교를 따라 한 거 아닌가요?"

하지만 판사가 걱정하는 것은 반대로 새나라교가 만구파를 따라 하는 것이다.

"그렇겠지요. 하지만 판사가 시기 같은 걸 신경 쓸까요? 애초에 만구파나 새나라교나, 생긴 지 수십 년 된 종교들입니다."

다만 만구파는 세력을 키우지 못했고 새나라교는 세력을 엄청 키웠다는 정도가 다를 뿐이다.

"그리고 교리가 같다는 것, 그건 똑같이 반역의 여지도 있다는 거죠."

이미 한번 그 문제로 난리가 난 적이 있는 대한민국인 만큼 아무래도 그러한 반역 문제에 대해서는 예민하게 굴 수밖에 없다.

"더군다나 만구파와 새나라교는 그 형태 자체가 기본적으로 다르거든요."

만구파는 소수의 핵심 계층과 다수의 일반 신도로 되어 있다. 물론 그건 새나라교 역시 마찬가지다.

다만 한 가지 다른 게 있는데, 만구파의 경우는 세뇌 작업이 소수의 핵심 세력을 위주로 이루어졌다는 것이다.

"하지만 새나라교는 아니군요."

애초에 새나라교는 입교 조건 중 하나가 3개월 이상의 합숙 교육과 시험을 봐서 통과하는 것이다.

즉, 전 신도의 세뇌가 기본적으로 이루어진다는 것이다.

"하지만 종교적인 문제인데 그리 쉽게 판단할 수 있을까요?"

아무리 만구파의 전례가 있다지만 그렇다고 해서 새나라교를 무조건 반란 단체로 지정할 수는 없다.

당연히 그런 의미에서 증명할 방법도 없고 말이다.

"노 변호사님 말씀대로 저들은 세뇌당한 게 맞습니다. 하지만 그 과정이나 기타 상황을 보고 판단하는 거지, 세뇌가 맞다고 확신할 만한 방법은 없지 않습니까?"

노형진은 고개를 끄덕거렸다.

"한국에는 없지요."

한국에는 세뇌와 관련된 전문가가 없다.

그렇다 보니 지금까지 단 한 번도 재판부에서 세뇌를 가지고 싸운 적이 없다.

"하지만 한국에만 없는 겁니다."

"네?"

"미국에서는 세뇌가 상당히 심각한 문제로 거론됩니다."

일단 미국에 있는 사이비 종교의 숫자는 실로 어마어마하다. 한국에 있는 숫자와는 비교도 못 할 만큼 많다.

그리고 때때로 그들이 저지르는 범죄는 학살 수준에 달하기도 한다.

실제로 수백 명이 동시에 자살하기도 하니까.

자살뿐만 아니라 테러 시도도 몇 번 있었다.

다만 미 정부에 의해 차단당했을 뿐.

당장 이슬람교도 일반적인 종교이지만, 그 내부에는 신도들을 세뇌시켜 테러에 쓰고자 하는 놈들이 숨어 있다.

그 때문에 세뇌를 심각한 범죄로 보고 해결하기 위해 미국은 많은 노력을 해 왔다.

"설마……?"

"설마가 맞습니다. 미국에는 반세뇌라고 해서 그걸 푸는 전문가들이 있다고 하지 않았습니까?"

만일 사이비 종교를 발견하고도 그 교인들을 그냥 풀어 주면 어떻게 될까?

교주가 감옥에 있거나 사형을 당했거나 경찰과 교전 중에 사망했다면 이 미친놈들이 교주의 복수를 한다고 어디서 폭탄을 터트릴지, 완전무장하고 사람들을 학살할지 알 수가 없다.

"그 때문에 그런 세뇌된 종교인들에 대해서는 반세뇌 과정이 필요합니다."

가능하면 최대한 멀쩡하게, 세뇌가 풀린 상태로 풀어 주거나, 그렇지 않다고 해도 최소한 사회나 국가에 피해를 주지 않는 선에서 컨트롤하기 위해서다.

"아시겠지만 종교는 소수라서 문제가 되는 게 아닙니다. 그들이 사회에 피해를 주니까 문제가 되는 거죠."

한국에서 이슬람교는 새나라교에 비하면 도리어 훨씬 소수 종교에 들어간다.

하지만 누구도 이슬람교를 믿는 것에 관해 뭐라고 하지 않는다.

일단 한국의 이슬람교는 자발적 선택에 의해 들어가는 종교이고, 공식적으로 한국에서 아직 테러 같은 걸 한 적이 없으니까.

"하지만 새나라교 같은 경우는 기본적으로 교리 자체가 가족해체를 기반으로 하고 있으니까."

당연히 사회에 피해가 갈 수밖에 없는 것이다.

"그리고 한국에 전문가가 없다면 당연히 해외에서 모시고 와야 하지 않겠습니까?"

전문가가 왜 전문가라고 불리겠는가?

"그 전문가가 세뇌 상태라고 해 버리면 과연 새나라교에서 어떻게 반응할지, 두고 보면 알겠지요, 후후후."

⚖

얼마 후 노형진의 초청을 받고 미국에서 학자가 들어왔다.

"애덤 폴링. 미 테이플 대학교 심리학과 교수입니다. 범죄 심리학에 정통하며 미국의 FBI와 함께 세뇌를 푸는 반세뇌를 연구하는 학자입니다."

애덤 폴링이 등장하자 분위기가 완전히 바뀌었다.

그럴 수밖에 없는 게, 노형진이 말한 대로 한국에는 세뇌에 관한 전문가가 없으니.

세뇌를 전문적으로 한다는 것은 어떻게 보면 범죄자라는 소리나 마찬가지다.

특히 한국에는 극단적 성향으로 국민들을 지배하려는 놈들이 많았던지라 그 과정에서 당연히 세뇌를 하려고 했던 일도 있었기에 그걸 학문으로 삼는 것은 극도로 꺼려지고 있었다.

'그러니까 미국에서 전문가가 왔다고 하면 그걸 반박할 놈도 없다는 거지.'

특히 새나라교의 경우는 그걸 반박할 만한 사람이 없을 수밖에 없다.

다른 사람은 몰라도 세뇌에 대해 조사한 사람이라면 새나라교가 자신에게 세뇌를 시도한다는 것쯤은 알 테니 그곳에 속해 있을 리가 없으니까.

"증인, 증언하세요."

애덤 폴링은 그동안 한국으로 들어와서 조용히 송진혜를 살펴봤다. 그리고 그녀의 행동과 반응 같은 걸 모두 조사했다.

송진혜의 협조를 받을 수 있다면 좋았겠지만 그녀가 협조할 가능성은 완전히 제로였기에, 어쩔 수 없이 그녀의 일상생활이나 발언 등의 분석에만 의존할 수밖에 없었다.

"저는 학자로서 송진혜 양의 행동을 분석했습니다. 다만 이 부분은 양해를 구해 주시기 바랍니다. 공식적인 그녀의 행동과 발언만을 이용한 분석이기 때문에 아직 명확한 답이 나온 것은 아니라는 점을 감안하여 주십시오."

이것이 법이다

"그러면 결과는 어떻습니까?"

판사는 떨리는 목소리로 물었다.

세뇌 범죄라는 건 심각한 문제니까.

만일 테러 단체가 진짜 세뇌 범죄를 저지르게 되면 얼마나 많은 사람이 죽을지 알 수가 없다.

"현재의 분석에 따르면 세뇌되었을 가능성이 아주 높습니다."

"아니야!"

새나라교의 변호사는 소리를 버럭 질렀다.

애석하게도 그는 지난번 변호사가 아닌 다른 사람이었다.

가족들에게 자신이 새나라교 교인이라는 게 발각된 전 변호사가 갑자기 연락이 두절되었기 때문이다.

'뭐, 끌려갔는지 아니면 정신병원에 갔는지는 알 바 아니지만.'

그랬기에 다급하게 새로운 변호사가 온 것이다.

당연히 제대로 인수인계도 받지 못한 상태로 왔기에 그는 제대로 상황도 이해하지 못하고 변론했고, 당연히 노형진에게 처발릴 수밖에 없었다.

'준비해서 왔다고 해도 똑같을 테지만.'

저들의 특성상 저들이 보낼 수 있는 사람은 결국 저들에게 세뇌된 변호사들뿐이다.

그들에게 차이가 있다면 가족도 세뇌되었느냐, 아니면 변호사만 세뇌되었느냐일 뿐이다.

"재판장님! 증인은 지금 거짓말을 하고 있습니다! 세뇌는 없습니다! 세뇌라는 것은 있을 수 없는 일입니다! 그건 존재하지 않는 일입니다!"

거의 발악적으로 소리를 지르는 변호사를 보면서 노형진은 확신했다.

'역시, 저놈도 새나라교 놈이네.'

물론 그렇게 새나라교의 변호사가 소리 지른다고 해서 현실이 바뀌는 것은 아니다.

"그러면 세뇌와 관련된 검사 방법이 있습니까?"

"미국에서 개발한 검사 방법이 있습니다. 세뇌, 특히 종교적 세뇌는 미국 내에서도 테러 문제로 인해 심각하게 받아들여지고 있습니다. 그걸 푸는 것은 국가의 중요한 업무 중 하나입니다."

애덤 폴링의 말에 판사는 침을 꿀꺽 삼켰다.

판사로서 가장 먼저 배우는 건 다름 아닌 책임을 벗어나는 법이다.

그래서 판사들이 내리는 판결은 다 애매모호하다.

할 수 있다, 보인다, 그렇게 보인다 등등, 확실한 답은 넣으면 안 된다는 식으로 배우니까.

당연히 지금도 판사는 그 책임이라는 걸, 그것도 종교적 문제에 대한 책임을 벗어나기 위해 노력할 수밖에 없다.

"그걸 이용하면 증명할 수 있습니까?"

"해당 조사법을 이용한다면 99% 이상의 확률로 세뇌를 확인할 수 있습니다."

그렇게 말하는 애덤 폴링.

그리고 그 말 한마디로 답은 결정되었다.

"송진혜 양에게 해당 검사를 명령하는 바입니다."

"안 됩니다, 판사님! 안 됩니다!"

재판정을 쩌렁쩌렁 울리는 변호사의 절규.

"아니야! 나는 멀쩡해! 손 놔! 이단 새끼들아, 손 놓으라고! 아악! 나를 사랑하시는 신 이만호 아버님이시여, 이 지옥에서 저를 구해 주세요! 이 마귀들아, 꺼져!"

송진혜는 발악했다.

"흑흑흑."

그리고 드디어 제대로 정신감정을 받을 수 있게 되었다는 생각에 가족들은 눈물을 흘렸다.

그렇게 난장판이 된 법원을 바라보면서 노형진은 빙긋 웃었다.

'드디어 시작이다.'

다음 권으로 이어집니다

꿈의 도약, 로크에서 하십시오
(주)로크미디어에서 신인 작가를 모십니다

즐거운 세상, 로크미디어는 꿈을 사랑하고 도전을 두려워하지 않는 작가 분들의 참신한 작품을 기다리고 있습니다. 21세기 장르 문학계를 이끌어 갈 차세대 선두 주자 (주)로크미디어에서 여러분의 나래를 활짝 펴 보시길 바랍니다.

모집 분야 판타지와 무협을 포함한 장르 문학
모집 대상 아마추어 작가, 인터넷 작가
모집 기한 수시 모집

작품 접수 시 유의 사항
1. 파일명은 작가명_작품명.hwp형식을 갖춰 주십시오.
1. 파일에 들어갈 내용은 다음과 같습니다.
   - 성명(필명인 경우 실명을 밝혀 주세요), 연락처, 이메일 주소
   - 제목, 기획 의도
   - A4용지 1장 분량의 등장인물 소개
   - A4용지 2장 분량의 전체 줄거리
   - 본문
1. 작품이 인터넷에 연재되고 있다면, 게시판명과 사이트의 구체적이고 정확한 주소를 기재해 주십시오.

선택된 작품은 정식 계약 후 출판물로 간행되어 전국 서점에 유통됩니다.
작가 분은 (주)로크미디어의 전폭적인 지원하에 전속 작가로 활동하시게 됩니다.
※ 자세한 내용은 로크미디어 홈페이지(rokmedia.com)를 참조하세요.

(03920)서울시 마포구 성암로 330 DMC첨단산업센터 3층 318호
(주)로크미디어 편집부 신간 기획 담당자 앞
전화 : 02) 3273-5135
www.rokmedia.com 이메일 : rokmedia@empas.com

The Final
더 파이널

유성 퓨전 판타지 장편소설

「아크」「로열 페이트」「아크 더 레전드」
작가 유성의 새로운 도전!

회귀의 굴레에 갇혀 이계로의 전이와 죽음을 반복하는 태영
계속되는 죽음에도 삶에 대한 의지를 불태우던 어느 날

갑자기 시작된 침식으로 이계와 현대가 합쳐진다!

두 세계가 합쳐진 순간,
저주 같던 회귀는 미래의 지식이 되고
쌓인 경험은 태영의 힘이 되는데……

이계의 기연을 모조리 흡수해
누구도 넘볼 수 없는 전사로 우뚝 서다!

ROK
MEDIA
로크미디어

변호사 윤진한

이해날 현대 판타지 장편소설

『어게인 마이 라이프』의 작가 이해날,
당신의 즐거움을 보장할
초특급 신작으로 돌아왔다!

아버지의 복수를 위해
악랄한 변호사가 되었으나 대기업에 처리당한 윤진한
로펌 입사 전으로 회귀하다!

죽음 끝에서 천재적인 두뇌를 얻은 그는
대기업의 후계자 경쟁을 이용해
원수들의 흔적마저 지우기로 결심하는데……

악마 같은 변호사가 그려 내는
두 번의 인생에 걸친 원수 파멸극!